U0036314

魔豆

魔豆

懶散勇者物語 08

Brave Story

生命藥劑

香草／著

懶散勇者物語 08

目錄

懶散勇者物語 CHARACTER

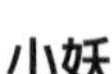

小妖

誕生於思思從北方賢者家中取得的水晶球裡。外表為一頭可愛無比的小黑貓，看似純真無邪、卻閃爍著狡黠光芒的雙瞳。
似乎只聽命於勇者夏思思……

夏思思

18歲長髮少女。被真神召喚至異世界的勇者。總喜歡穿著寬鬆衣服，讓人看不出她到底有沒有身材……個性有點懶散，也很怕麻煩，但卻聰明、思緒敏捷。
擁有強大精神力、能穿越任何結界。

卡斯帕/伊修卡

15歲，雙重身分（真神/祭司）。
化身為卡斯帕時，外貌絕美，身著精靈常穿的長衫。當身分為伊修卡祭司時，長相平凡，身穿祭司白袍。雖身分尊崇卻性格輕率跳脫，以旁觀勇者的旅途為樂。

埃德加

24歲，聖騎士團第七隊隊長。
難得一見的標準美男子。個性嚴謹，給人有點冷漠的感覺，卻有著外冷內熱、充滿正義感的一面，是名信仰虔誠的信徒。
魔武雙修，能力高強。

艾莉

實際年齡為25歲（雖然像15歲），隸屬埃德加麾下。很有鄰家小妹妹的感覺，但是其實非常喜歡惡作劇，又很毒舌，喜歡吐槽自家夥伴。然而，她過於年輕的外貌似乎隱藏著某個祕密……

奈伊

年齡不詳，是被教廷封印的高階魔族，但卻聲稱自己不食人肉！個性單純、不諳世事，被夏思思解除封印之後，便將她視為「最重要」與「絕對服從」的存在！

艾維斯

22歲，亡者森林裡的首領。
臉上常掛著若有似無的笑意，有著獨特又神祕的魅力。擁有一頭金紅及肩長髮、中性美的端正五官，性格卻聰慧狡詐。

佛洛德

10歲便獲得了「北方賢者」稱號的天才，於魔法、科學及學術上皆有優越的成就。17歲遇上伊妮卡，人生便從此不同了……
喜歡看書，個性溫和有禮，渾身散發著知性與寧靜的氣質。

奧汀

8歲，現任緋劍家家主。
初代勇者後代，擁有緋紅的髮色與眼眸。
個性老成持重，一副小大人模樣。
四處遊歷並尋找被祖母驅逐的兄長。

羅奈爾得

本是一名奴隸，因稀有的闇系體質而擁有非人的力量。被人稱為「闇之神」。
長相非常俊美，性格卻冰冷無情，總是帶有殺意的眼神讓人望而生畏。
15歲時與卡斯帕相遇，25歲時兩人決裂……

諾頓

龍族之王。由於力量被封印而失去了所有記憶，一直以為自己是普通的農家子弟。得知自己的真實身分後，便以尋找失蹤的妹妹為目的，與思思等人一起旅行。
手臂上隱藏著風之元素精靈「青鳥」。

楔子

寒冷徹骨，殘破古老的建築上全包裹著一層晶瑩剔透如水晶般的寒冰。這是個寸草不生的冰雪國度，看起來冰冷死寂，有誰會想到這個看似絕地的地方，卻隱居著已久未現世的雪女一族。

足以致命的嚴寒雖無法威脅有著元素精靈守護的諾頓，然而即使沒有性命之憂，除了原住民外，誰也不會想停留在這個時間彷彿停頓了的冷清之處。

先前那位名叫艾莉的女騎士在的時候還好，少女的嘴巴雖有點毒，卻是自來熟的性格，她在的時候至少有個人與他說話。

「現在只有你在這裡陪我了。」諾頓撫摸著青鳥柔順的羽毛這樣說道。

風之元素精靈卻對主人深情的話語毫不領情，煩躁地拍動著翅膀鳴叫了幾聲，表露出對這種沉悶生活的不滿。

諾頓現在被封印了一身能力，只是個有著元素精靈守護的普通人而已，根本無法破除封印帶走妹妹。雖然不忍留下莎莉獨自一人，然而青年卻自知即使一直留在這裡也什麼都做不到。在這裡待得久了，他便開始考慮是否該離開了。

諾頓幽幽嘆了口氣。如果他真的是龍王的話，只怕也是這世上最窩囊的龍王吧？

就在諾頓胡思亂想之際，艾莉留下來的祕銀瞬間幻化成一面銀色鏡子，隨即一個他非常熟悉的清麗容貌映照在銀鏡上，道：「諾頓，好久不見了！」

「思思？」停留在冰雪之國的諾頓，偶爾會與艾莉通訊，青年的情報仍舊停留於勇者大人離家出走之時。對於夏思思親自現身通訊這點雖然有點驚訝，不過看到許久未見的友人，諾頓還是感到非常高興。

「諾頓，你現在仍在冰雪之國嗎？」

「是的。」青年之所以一直待在這裡不走，是爲了就近觀察雪女的態度。經過這段時間的相處，他也覺得這些冷漠的雪女確實如奈伊所說般，對他們沒有絲毫敵意，可是對方卻又幫助北方賢者用冰封印莎莉，因此諾頓希望能弄清楚雪女到底在想些什麼。

可惜這些雪女根本沒有興趣與他交流，這段時間以來，雙方的對話屈指可數。要是夏思思再晚兩天聯絡他，諾頓很可能已經離開這裡了。

「太好了！諾頓，如果一切順利的話，我們也許有辦法解除你的封印，這段時間你先留在冰雪之國，哪裡也不要去。」

夏思思的話令諾頓驚喜不已，青年正要追問，卻因夏思思身後的「背景」而把想說的話全呑了回去，取而代之的便是一句：「思思，你們在哪？」

少女順著諾頓的視線往身後看去，背後是忙碌準備食物的精靈。只見夏思思笑道：「喔！我們在精靈森林。食物都準備好了！不說啦！晚點再聯絡。」

「等、等等！思思！」諾頓還想要說什麼，可惜夏思思卻已興高采烈地跑往餐桌上的美食，很快地終止了通訊。

剛剛在少女一旁從頭看到尾的艾莉滿臉黑線。這狀況何其熟悉，想當初夏思思在龍之谷與他們通訊時，背景不斷出現巨龍飛來飛去，眞是把他們嚇死了。當時正是因爲諾頓的叫喚，才讓少女急急把通訊斷掉……想到這裡艾莉突然又覺得很解氣，也就故意裝作聽不到諾頓的叫喚，便笑嘻嘻地尾隨夏思思往餐桌跑去了。

ch.1
解除魔化

獲得前往精靈森林拿取生命之樹樹葉的批准後，夏思思首先關心的便是路程的問題，「克里斯，精靈森林離這裡遠嗎？」

「很遠。」

「有多遠？」勇者大人的神情立即變得不太好看。

「大約要走半年多的路程。」青年淡淡回答道。

夏思思聞言，心裡馬上打起了退堂鼓，道：「呃……其實仔細一想，三長老能夠被你們精靈族稱之爲長老，年紀應該也很大了，我們要勞動他老人家幫忙製作藥劑實在很不應該。雖然王室的藥劑師手藝一定沒有三長老來得好，但我想勉勉強強應該夠用了。而且你們封鎖了森林那麼多年，我們這些外人這樣打擾到你們的安寧多不好意思……」

少女叨叨絮絮地說了這麼多，可是任誰都聽得出來這全都是場面話，她根本就是嫌精靈森林的位置太遠了！

莉蒂亞美麗的紫藍眸子掠過一絲疑惑，夏思思實在說得太直白了，這讓從小便被培養說話技巧的小公主非常不適應。心想，難道夏思思就不怕這樣會得罪人嗎？

如果是她，一定會讓對方瞧不出破綻，慢慢引導對方來達成自己的目的。

注意到莉蒂亞的疑惑，艾維斯笑道：「思思待人一向眞誠，她不是不懂得說謊騙人，只是她的謊言很少會用來欺騙同伴。」

聽到青年的話，莉蒂亞若有所思地把視線放回勇者大人身上，一臉興味盎然。

夏思思可不知道自己正被別人品頭論足著，依舊不放棄地說道：「所以你們倒不如直接把生命之樹的樹葉帶到王城給我們就好……咦!?」

說到這裡，聰明的勇者大人靈光一閃，道：「等等！精靈森林那麼遙遠的話，這隻小鳥爲什麼能那麼快過來？」

聽到夏思思的詢問，克里斯臉上閃過一絲佩服。這女孩的思維比他想像中更爲敏銳，這麼快便想到其中的關鍵。

夏思思的話讓其他人也露出了好奇的神情，隨即埃德加不確定地說道：「難道……這隻小鳥眞的是傳說中能穿越空間的神階魔獸天鈴鳥？」

克里斯有點意外地說：「想不到現在還有人知道天鈴鳥。」

埃德加說道：「我是在圖書館一份提及魔獸的殘卷中看到相關資料的，可惜殘

卷裡描述天鈴鳥外表的段落殘缺不全，因此我也是在思思提出疑問時才猜到牠的身分。」

這隻天鈴鳥是精靈王的契約伙伴，被派過來的目的就是爲了把勇者一行人帶到精靈森林。克里斯之所以一直不說，只是因爲覺得夏思思那緊張兮兮的模樣非常可愛，以至於這位個性淡漠的白色使者難得起了捉弄人的心思。現在既然天鈴鳥的身分被認出來了，青年也不故意隱瞞，大大方方地承認下來。

夏思思也醒覺到自己被克里斯耍了，不過仔細想想，在剛剛的對話中，青年倒也沒有騙她什麼，只是沒有把話說清楚而已，這讓少女氣得牙癢癢，卻又拿對方沒奈何。

難得看見勇者大人吃癟，凱文等人都感到很新奇，全露出一副想笑又不敢笑的樣子。

見夏思思一張臉皺了起來，委屈的眼神充滿無言的控訴，克里斯有點心虛地想要轉移眾人的注意力，說道：「有天鈴鳥的帶領，我們隨時可以前往伊迪蘭斯亞森林。」

埃德加頷首道：「那我們先收拾行裝，半小時後在這裡集合。」

□

經過了天鈴鳥所引導的空間轉移後，夏思思看著對方的眼神簡直就像餓了十年的人忽然看見一盤美食。她多想把這隻可愛的小鳥帶走啊！這樣她就不用騎馬、不用坐馬車，更不用走路，想去哪裡叫天鈴鳥幫忙就可以了。

這根本是懶人必備的契約魔獸，把牠留在那個老是宅在森林裡的精靈王身邊實在是太大材小用了！

感受到夏思思赤裸裸渴望的眼神，天鈴鳥眨動著紅寶石般的雙眼好奇地回望著。看見天鈴鳥通人性的表現，少女不禁想起那認諾頓爲主、有著青鳥形態的元素精靈。青鳥優雅高傲，然而這隻只有麻雀大小的天鈴鳥卻是可愛靈動，兩者同樣擁有鳥類的形態，給人的感覺卻完全不同。

好想要……好想養一隻！

不知是否夏思思的眼神太火熱，本來圍繞在克里斯身邊飛翔著的小鳥倏地消失了。眾人早已見識過天鈴鳥驚人的速度，倒沒有對此大驚小怪。

愈是接近森林深處，建築在樹上的木屋便愈多，這些作爲精靈族居所的樹屋，全是以自然魔法催生而成，與大樹渾然天成，有著說不出的美感。

精靈族除了在自然魔法的領域上有著得天獨厚的天賦外，他們也擅於雕刻等細膩的工藝。因此每間樹屋都依屋主的喜好雕上不同的花，簡直就是精美無比的藝術品。

勇者一行人被直接帶往精靈族的聖地，生命之樹所在的地方。聖地的入口是一條長長的寬大直路，道路兩旁皆是高聳入雲的大樹。雖然夏思思對花草樹木沒有多少認識，可是從這些大樹散發出來充滿古意的浩瀚氣息，還是感覺得出這些全是有著漫長歷史的老樹。

兩旁大樹茂盛的枝葉交纏於道路上方，讓夏思思產生一種正在通過由樹木組成的隧道的感覺。在城市生活成長的夏思思從沒見過如此古老的樹木，不禁多看了兩眼。同樣雙眼眨也不眨地注視著老樹的，還有小公主莉蒂亞。「眞神奇，這些樹好像是活的。」

夏思思收回打量老樹的眼神，轉望向莉蒂亞，道：「樹木本來就是活的啦！雖然它們不能動。」

小公主歪了歪頭，而這個小動作讓本就長得粉妝玉琢的莉蒂亞顯得更加可愛。「我知道，可是這些大樹好像在看我們。」

公主殿下說得靈異，讓本對大樹不感興趣的其他人不禁打量起兩旁的樹木。不知道是否受到莉蒂亞話語的影響，原先在眾人眼中除了古老巨大外，便平凡無奇的大樹，竟讓眾人感到特別的壓力，彷彿一群高大的守衛在默默注視著他們。

走在最前頭的克里斯回頭朝小公主微微一笑，青年的笑容非常溫暖，臉上的冷漠瞬間融化。可惜他的笑容總是非常短暫，「莉蒂亞殿下說得沒錯，這些全都是駐守著聖地的樹人一族。」

「咦！他們就是樹人!?」艾莉驚奇地打量眼前的大樹。在女騎士眼中，這些只是些長得特別高大、年齡特別老的老樹而已。

克里斯點了點頭卻沒有多加解釋，眾人見狀，雖然覺得很驚奇，但也沒有繼續

追問。畢竟這兒是精靈族的聖地，貿然探聽人家護衛的事並不是明智之舉。萬一到時候生命之樹出了什麼事情，那他們也脫不了嫌疑。

離開了由樹人組成的長長隧道後，眼前是一大片美麗的花田，完全不怕生的小兔與梅花鹿等動物正在花田上嬉戲，明媚的天空讓人有種豁然開朗的感覺。

花田正中央有棵擎天大樹，應該便是精靈族最寶貝的生命之樹了。

只要涉及生命之樹，即使只是取其一片小小的樹葉，對精靈族來說也是關乎整個族群的大事。因此不止精靈族的高層，就連普通族人也來了不少，讓本該神聖肅穆的聖地變得鬧哄哄的。只是這些精靈仍是很有分寸，沒有太接近生命之樹，只遠遠地聚集在入口。

因此，當夏思思剛進入聖地時，便立即被眼前一大群精靈嚇了一跳，差點以爲精靈族在這裡設下埋伏要把他們滅了。

精靈是個充滿俊男美女的種族，即使是族群中長得較平凡的，在人類的審美眼光中仍稱得上清秀漂亮。不過有對比之下，夏思思還是發現身爲白色使者的克里斯，在精靈族中也稱得上是數一數二的俊美。

被眾人簇擁著的精靈王亞德斯里恩有著不遜於克里斯的外表，加上一身上位者的氣度，使得偏秀麗的精靈族臉龐增添上英氣。雖然夏思思明知道這個人與克里斯一樣，都可以當她的曾曾曾祖父了，可是愛美之心人皆有之，少女還是不由自主地多看了幾眼。

先前被夏思思覬覦的天鈴鳥正靜靜地站在亞德斯里恩的肩膀上，親暱地用小小的鳥首蹭了蹭精靈王的臉頰，這讓夏思思羨慕得很。小妖敏銳地感受到少女的情緒波動，拍動著翅膀撲進夏思思的懷裡撒嬌，成功轉移了她的注意力，令她笑逐顏開。

在夏思思打量著精靈王的同時，對方也饒有趣味地打量著她。這名人類勇者讓他感到非常意外，雖然早已知道這任勇者是個年輕少女，可亞德斯里恩本以爲對方會是個英氣凜然的女劍士，但看她腳步虛浮，顯然未學過劍術；再看她毫不忌諱打量著自己的模樣，眼神清澈明亮，是個機伶聰明之人，卻看起來不擅陰謀心計。

雖然精靈族封鎖了森林，但並不代表亞德斯里恩不知外界的情況。身爲一族之王，他自然有獲得情報的管道，勇者夏思思也是他關注的對象之一。

同爲長壽的種族，亞德斯里恩自然曉得龍這種生物骨子裡到底有多高傲。可是從得來的情報中顯示，夏思思竟然獲得龍族的承認並且成功與之交易，雖然那位失憶的龍王陛下的態度是一大關鍵，但也要少女自己有本事，讓龍族覺得對方有交易的價値才行。因此在獲得夏思思的資料時，亞德斯里恩不禁把這位素未謀面的勇者放在很高的位置上打量。

可現在看來，這位勇者小姐似乎並沒有像情報所說的那麼厲害啊？還是除了強大的實力以外，這女孩還有著什麼吸引人的特質嗎？就像當年那位身邊總包圍著各式各樣同伴的公主殿下一樣。

□

夏思思本以爲與生命之樹同樣出名的生命之泉，即使沒有湖泊般大，也至少會有一個溫泉區的大小。然而實際上，生命之泉的寬度只有兩、三公尺左右，再加上泉水水位並不高，要是沒有克里斯的介紹，少女甚至會誤以爲這是什麼動物挖出來的洞穴。

隨即少女轉而打量著名的生命之樹。

傳說妖精族的母樹是由生命之樹結出的種子發芽成長而來，可是不管少女左看右看，除了兩棵樹同樣大得驚人以外，無論是外型還是給人的感覺都有著天壤之別。

母樹的外貌華美，有著琥珀色的樹幹、一串一串的水晶葉子。可是生命之樹的外觀卻與尋常樹木沒有太大區別，樸實無華的外貌與妖精族的母樹相較之下，實在是遜色太多了。

生命之樹也沒有如母樹般化出一個人形化身，只是靜靜地佇立在這裡，可卻沒有人能夠忽略它。只因這棵大樹無時無刻散發著懾人心魄的生命氣息，彷彿它就是一個獨立的世界，一個掌握著生命之力的獨特空間！

它就是生命，而不是任何其他東西！

這種感覺非常奇妙，很難用言語表達，可夏思思站在生命之樹前，卻確實感受到它的偉大。

精靈族早已準備好相關的儀式，其實說白了就只是讓大家誠摯地告知生命之樹緣由，在懇求生命之樹的幫助與庇佑以後，就可以把樹葉拔走了。

後來夏思思才從精靈口中得知，這個看來有著濃濃宗教意味的儀式其實是非常重要的。聽說在精靈森林封鎖前，曾有個人類強者越過樹人與精靈們的守護，強行奪去生命之樹的枝葉。結果這個連精靈舉族與樹人聯手都拿他沒奈何的強者走不出三步，便被手中的枝葉抽乾了生氣變成一具乾屍了……

生命之樹能夠給予，同樣也能夠掠奪！

聽過精靈們的敘述後，夏思思不由得想起地球上有種說法——花之所以開得艷麗，是因爲泥土裡埋有屍體，似乎並非空穴來風？

想到這裡，少女益發敬畏地看著生命之樹。

到底要殺多少人才能長得那麼高大啊？

精靈們並不知道勇者大人的古怪心思，只看到夏思思凝望生命之樹的敬畏目光，不禁滿意地點了點頭，對少女的態度也變得更加友善。

只能說，有時候不知道眞相果然比較幸福……

□

取得生命之樹的樹葉後，夏思思把藥劑交給精靈族最擅長藥理的三長老查看。渾身書卷味的精靈長老在陽光下搖了搖玻璃瓶內的藥劑，並觀察顏色變化，隨即把瓶子的蓋子打開來嗅了嗅藥劑氣味。沉思片刻後，在眾人緊張的注視下緩緩說道：「生命之樹的樹葉的確能夠驅除魔性，要是完成了藥劑，絕對能讓這位小姐恢復。」說罷，三長老看了艾莉一眼，少女聞言大喜，竟哇地一聲哭了出來。

見艾莉哭得像個孩子，夏思思覺得有點好笑，但看著看著卻又為對方感到淒楚。身為聖騎士，卻被弄成了一個長不大的怪物，想必這些年艾莉的心裡很不好受吧？

三長老體貼地等艾莉平復情緒後，才接著解釋道：「可惜煉製這藥劑的雖然全都是非常珍貴的稀有藥材，但仍不足以百分之百發揮樹葉的生命力……」說到這裡，看到思思等人全都因自己的話而露出緊張神色，這位溫文的精靈長老雙眼閃過

一絲惡作劇的神色，道：「還好我族的生命之泉正好可以用來當藥引，只要一滴便可以了。」

艾莉眼睛一亮，看了看三長老，又看了看一旁沉默不語的精靈王。

亞德斯里恩笑道：「既然生命之樹允許你們摘下它的葉子，我們自然不會吝惜一滴生命之泉的泉水，這也是生命之樹的恩賜。」

對方那麼大方，身為代表的勇者大人自然要站出來好好道謝一番，卻發現精靈王的視線大多都不留痕跡地打量著乖巧坐在一旁的莉蒂亞。夏思思心想，帶她出來還眞是帶對了，不光是獸族，只怕精靈的慷慨也是看在莉蒂亞的面子上吧？

看出夏思思的想法，亞德斯里恩毫不避諱地笑道：「我族全都是很護短的，對於流有精靈血脈的後裔，我們並不介意在可接受的範圍內給予幫助。」

精靈王把「可接受的範圍」這幾個字說得特別重，讓夏思思不情不願地打消了讓莉蒂亞說服精靈族對魔族出戰的想法。

正所謂「事不關己，高高掛起」，封鎖了伊迪蘭斯亞森林的精靈們正是懷著高高掛起的心態，他們並不像龍族般有求於夏思思他們，又怎會願意為了一個流有不

知多少精靈血脈的小丫頭舉族犯險？

他們願意送出生命之樹的樹葉與生命之泉泉水，並幫忙重煉藥劑，已經是仁至義盡了，若再向精靈族要求更多，未免也太貪得無厭。

因此，雖然勇者大人很想抓壯丁打仗，但也只能乖乖打消了念頭。

三長老不愧爲克里斯推崇的藥劑師，重煉藥劑的難度比初煉時大得多，可看老人輕鬆自在地花不到半小時便把藥劑製成了。煉製時既不避諱外人，也沒有一般藥劑師的小心翼翼，行雲流水般揮灑自如的動作實在賞心悅目得很。

被重新煉製的藥劑褪去了難看的墨綠色，變成了充滿清新感嫩芽般的翠綠。渾濁的感覺也變得清澈起來，猶如上好的琉璃。整瓶藥劑充滿著生命的氣息，這正是傳說中名符其實的「生命藥劑」！

也許是艾莉的視線太過火熱，三長老自覺責任重大，流暢的動作中多了幾分慎重。只見老人倒了一些藥劑至木杯裡，遞給一臉緊張的艾莉，笑道：「放輕鬆，喝一口便好。」

艾莉緊張又渴望地喝下藥劑，一張臉卻忍不住皺了起來。似乎藥劑的外觀雖然變得漂亮，但味道卻一點也不好喝……

「水水水！給我水！」艾莉的臉已經皺得像酸梅了，聽到她痛苦的叫喊聲，眾人還來不及細看她的外貌到底有沒有改變，只忙亂地替她倒了杯清水。

三長老一臉冷靜地叮囑，夏思思忽然覺得這個溫和的長老滿冷血的，「別喝下去，漱口就好，以免影響藥性。」

就在艾莉忙著漱口之際，她忽然長高了。

只見少女的身體以肉眼可見的速度開始拔高；隨著身高的轉變，艾莉那看起來才剛開始發育、充滿著青澀感的胸部也像吹了氣的氣球般快速漲大，很快便把上衣繃得緊緊的。

火紅的短髮變成及腰的長髮，容貌倒是沒有太大的轉變，原先只能稱得上清秀的臉龐多了點女性的嫵媚，臉上的招牌雀斑爲她的一身英氣添加了點可愛的氣質，再配上火辣的身材，以及一雙修長的美腿，散發著獨特的魅力。

總算從藥劑那可怕的味道中解放出來，艾莉這才感到衣物變得緊繃，順著眾人

的視線低頭一看，發現自己無論是高度還是身材，都在不知不覺間產生了巨大的轉變！

艾莉連忙把祕銀化成銀鏡，觀察著自己長大後的樣貌，只見她在眾人的注視下雙手摸了摸臉，又抓了抓豐滿的胸部，隨即看著鏡中的倒影滿意地點了點頭。豪放的舉止，看得在場男性全都紅了臉，不知道該把視線放在哪裡才好。

三長老假咳了聲道：「奧爾瑟雅，妳帶這位小姐去換一件衣服吧！」

一名精靈少女便立即越群而出，領著艾莉離開換衣服。

老人接著說：「思思小姐，妳讓這隻僞裝成貓兒的妖獸也喝一點藥劑吧！」小妖的僞裝騙騙普通人還可以，可是見多識廣、還擁有一身強大自然之力的精靈長老，早就看出了小妖的身分，只是沒有作聲而已。

「三長老，這藥劑會對小妖有什麼影響？」夏思思正起臉，很認眞地詢問。別看少女平常總是一副懶散迷糊的樣子，當她露出如此嚴肅的表情時，竟是有著一股說不出的氣勢。

受夏思思影響，三長老的神情也變得嚴肅起來，道：「我也不清楚，也許會讓

牠失去所有能力變成一隻普通的家貓，也許牠仍然能夠保留一身魔力……可是如果妳不讓牠喝下藥劑的話，那就不要把牠留在身邊了……不！思思小姐，妳應該把牠殺掉以絕後患！」

ch.2

重回冰雪之國

所有人聽到這句話的第一個感覺是：三長老不喜歡小妖，所以才故意這麼說！

生命藥劑一看就是魔血的剋星，誰知道妖獸喝下去後到底會發生什麼事!?

三長老的話讓小妖瞬間炸毛，可是牠才剛展翅飛上半空中，便先被身旁的寒氣嚇到。小妖獸往旁看過去，便見夏思思渾身散發著猶如利箭般的冷意。這讓素來天不怕地不怕的小妖也不敢繼續放肆了，甚至還收起翅膀降落在地上，想要減低自己的存在感，深怕少女的怒火會波及到自己。

三長老完全無視夏思思的怒意，依舊溫和地解釋：「妳那位高階魔族的同伴倒是不用擔心，但闇之神對沒有自我意識的妖獸有著強大的操控力，藥劑可避免對戰時受到牠的反噬。」

凱文看著小妖因三長老的提議而炸毛，卻又在勇者大人發怒後裝乖巧的模樣，不由得嘀咕道：「牠這樣子還叫作『沒有自我意識』啊？」

饒是三長老再淡定也不禁露出尷尬的神情，道：「呃……這頭妖獸的反應是比較特殊，不過防患於未然不是嗎？」

聽過三長老的解釋，夏思思也知道對方是為自己好。少女向老人投以歉意的微笑，隨即回首詢問：「你怎麼看，奈伊？」

夏思思是很喜歡小妖沒錯，卻不代表她是個即使獲得警告，仍能無條件信任別人的爛好人。如果小妖眞的會爲大家帶來災禍，那她絕對不會吝惜失去一個強大的戰力！因爲少女知道，論殺傷力的話，無論什麼時候，自己人捅的刀子絕對會比敵人狠！

雖然夏思思覺得小妖的一身本領若因藥劑而消除實在很可惜，但少女對牠好並把牠留在身邊，是因爲眞的喜歡，本就不是因爲對方的戰力。只要事情不危及小妖性命，大不了到時候把牠當寵物來養就好了。

小妖可憐兮兮地盯著奈伊看。牠明白這個人接下來的答覆將會決定自己是否會淪落爲觀賞用的小寵物，此時牠已顧不得心裡對奈伊抱持的敵意，只求自己裝可憐的樣子能打動對方爲牠說幾句好話。

現在小妖後悔極了，早知道有天命運會掌握在對方手裡，即使再討厭這個人，牠也必定會好好和對方打好關係的！

其實小妖是以小人之心度君子之腹了。依奈伊一切事情都以夏思思爲優先的個

性，即使牠對青年的態度再惡劣一百倍，只要牠的力量能夠爲夏思思所用，那奈伊無論如何也會設法保存牠的能力。

相反地，如果小妖眞的有可能受到闇之神控制而傷害夏思思，即使這機率微乎其微，奈伊還是不會吝惜小妖的一身魔力的！

所以說，無論小妖對奈伊的態度如何，青年必定會公正地認眞處理這件事，小妖的賣萌可說是白費心機了。

「雖然小妖與普通妖獸不同，擁有著高階魔族的魂力與心智，但我還是建議牠喝一點藥劑比較好。」感受到夏思思的緊張，奈伊向少女安撫笑道：「不過思思妳可以放心，勇者獲得眞神的祝福與關注，所以妳的魔力裡蘊含著一絲神念；而小妖是吸收了思思妳的魔力而生，也同時代表著牠出生時曾受到神念進駐。生命藥劑的藥性很溫和，只要這絲神念仍在牠體內，就能保證藥劑不會對小妖產生任何不良的影響。」

夏思思笑了，明亮的眸子笑得彎彎地道：「也就是說小妖即使喝了藥劑也沒關係？」

見少女開心，奈伊也顯得很高興，道：「嗯，沒關係。」

「那黑影呢？」夏思思想起寄宿在她影子裡的住客。因為那一位實在太安靜了，少女差點兒便忘了它的存在。

奈伊露出疑惑的神情道：「黑影並不是單純的魔族，但也不是不死生物……我也說不上它到底是什麼。可是黑影不會被闇之神的力量影響，因為它與我們的存在有著本質性的不同。」

夏思思驚訝地垂首盯著地面上的影子，道：「咦！原來你不是魔族嗎？」可惜黑影看起來依舊是平凡無奇的影子，藏匿在裡頭的黑影根本不理她。

被黑影赤裸裸地無視，夏思思有點尷尬地摸了摸鼻子。不過少女的性格一向豁達，下一秒便展顏笑道：「你沒事就好。」

在夏思思與黑影說話的同時，奈伊眼明手快地一手抓住正想往外逃的小妖的後頸，把妖獸小小的身子凌空拎了起來。

夏思思轉而看著不滿地咆哮著的小妖，甜甜笑道：「好了！小妖喝藥吧！」

激烈掙扎的小妖看到少女的笑容後，軟軟地垂下張牙舞爪的四肢，然後認命地伸出小舌頭舐了舐三長老倒出來的一小杯藥劑。

奈伊的推測果然沒錯，小妖喝下藥劑後並沒有任何不良反應。應該說，在夏思思他們眼中，牠喝下藥劑前後根本就沒有任何不同……

但在奈伊的感應中，還是能感覺到原本一直若即若離連繫著小妖的一絲充滿黑暗氣息的神識，在藥力洗滌下最終被消滅了，這代表小妖正式脫離了闇之神的掌控！

見到夏思思向奈伊露出燦爛的笑容，埃德加不禁感到有點挫敗。雖然他沒有如奈伊般老是把「喜歡」掛在嘴邊，可是他自信對夏思思的感情絕不比奈伊少。然而無論是夏思思返回王城時，或是在她生日宴會中所送的禮物，他好像總是惹少女生氣，反倒奈伊卻能引她開懷地笑。

雖然奈伊對夏思思的態度，至今埃德加仍猜不準到底是單純對親人的喜愛，還是更進一步的感情，可是騎士長還是有點小嫉妒了。

難道他應該放下尊嚴，學一下奈伊的言行舉止？

或許下次分離後重逢，他應該學奈伊那樣一臉幽怨地喊聲：「思思，我好想念妳」？

幻想出詭異的情景，埃德加頓時起了一身雞皮疙瘩。

察覺到騎士長的羨慕，奈伊漆黑如子夜般的眸子掠過一絲瞭然的神色。雖然他在人際關係上略顯青澀，但並不代表他對情感的感應很遲鈍，相反地，身爲魔族，他在這方面比任何人都敏銳得多。

只見奈伊笑著向少女邀功道：「思思，我厲害嗎？」

夏思思一向不吝惜對奈伊的讚賞，「奈伊你幫了我大忙呢！了不起！」

無視初次見到這一幕而表現出滿臉震驚的精靈族，黑色忠犬的眸子亮晶晶地凝望著少女，道：「那思思會讚賞埃德加嗎？他一直都很努力。」

所有人，包括夏思思與埃德加，在聽到奈伊的話時全都被嚇了一跳。

讚賞小埃嗎？

夏思思偷瞄著青年聽到奈伊的話以後，因緊張而變得更加冰冷、看起來好像心情很不好的臉。

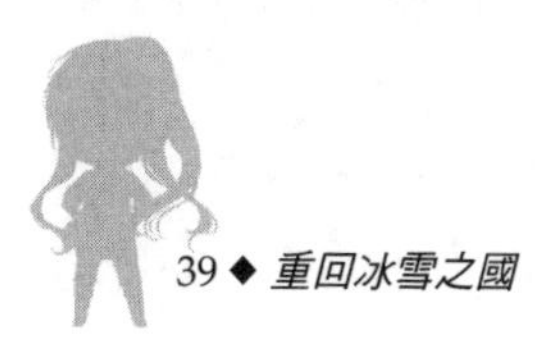

當埃德加正要拒絕奈伊的爛主意時，卻已聽到夏思思笑道：「也對！全仗小埃細心呢！了不起！了不起！」

埃德加愣了愣，隨即青年那張素來嚴肅、酷得不行的臉倏地紅了起來！

夏思思看得直眨眼，想不到埃德加竟會有如此可愛的神情，少女忽然發現自己找到了剋制埃德加的方法了！

至於目擊到勇者大人讚賞魔族部下且直擊她表揚聖騎士長整個過程的精靈族，他們看了看只差沒有尾巴在搖的黑色忠犬，再看了看臉上滿布紅暈的聖騎士長，首次認識到勇者大人的強大……

同樣初次目睹這奇異一幕，小公主莉蒂亞則是一臉崇拜，紫藍色的眸子閃閃亮亮，顯然已把勇者大人的馴獸過程列入培訓心腹部下的參考項目中，只等將來有機會好好實踐一番！

□

本來精靈族預想，將生命之樹的樹葉與生命泉水交給夏思思，再出手幫她把藥劑煉成以後，應該就沒有他們的事情了。

不過，他們太不了解夏思思了，才會有如此天眞的想法！

熟知少女的人都知道，勇者大人雖然從不缺錢，可她卻最熱中於討價還價。上至大祭司與國王陛下，下至街邊賣水果的大嬸，都曾深受荼毒；可以說，在達到目的後若不再追討添加利益，那她絕不叫夏思思！

因此，在精靈族自以爲功成身退之際，勇者大人發話了：「聽說龍族與你們的關係不錯，對吧？」

亞德斯里恩笑著頷首道：「是的，尤其克里斯曾與前兩任的龍王凱特一起在外界遊歷過，兩人有著不錯的交情。」

少女飛快地在心裡數了一下。克里斯曾說過上一任龍王是諾頓的大哥，那上兩任就是他們的父親了？

夏思思看了看一臉淡漠的銀髮青年，隨即露出了悲天憫人的神情，道：「原來諾頓是克里斯你的故人之子，現在他們兄妹出了事情，你一定感到很焦慮吧？」

青年淡淡地回答：「既然他們是凱特的兒女，那必定遺傳了他們父親耐打的特質，所以我一點兒也不擔心。」

「耐打？誰打他？」龍王是可以隨便打來發洩的生物嗎？

「他老婆。」克里斯的表情依然淡淡的，一點兒也不像正在爆前前任龍王夫婦的八卦。

夏思思假咳了聲，決定不再在人家夫婦相處之道這個話題上發展下去，她道：「可是諾頓他們的力量現在被封印了喔！再耐打……不，再強大的龍，在力量被封印後也與脆弱的人類沒有太大的差別吧？」

克里斯仍舊一副毫不擔心故人之子生死的神情，道：「你們不是有藥劑了嗎？生命藥劑能夠解除一切負面狀態，當然也包括他身上的封印。」

這位白色使者太難打動了，想在他身上取便宜實在難於登天，可愈是這樣，夏思思愈是與他槓上了。「你不想去看看藥劑消除封印的成效嗎？」

「我對三長老煉製的藥劑有信心。」

夏思思甜甜一笑，語氣中充滿了引誘，道：「可是你不想看看諾頓他們喝下藥劑以後變化的樣子嗎？畢竟知道功效與親眼看到成果是不同的。看到艾莉瞬間長大的時候不是很有趣嗎？」

克里斯沒有說話，但旁邊的三長老卻心動了。

只見老人摸了摸長長的鬍子，笑呵呵地說道：「既然如此，就麻煩克里斯你替我走一趟吧！記得記錄影像喔！」

克里斯淡淡說道：「前前任龍王被妻子一拳打到了橫跨整座城鎮也沒什麼大損傷，我相信他的子女堅韌程度並不會讓我失望。但既然是三長老的請求，那我還是與你們一起走吧！」

「……」即便是夏思思，聞言也不知該說什麼才好了。她忽然很想結識一下那位前前任龍王，還有他那位強悍得把人打飛橫跨一座城鎮的老婆……

見克里斯決定隨行，亞德斯里恩大方地說道：「讓莎莉絲亞送你們一程吧！」

在克里斯的解說下，眾人才知悉亞德斯里恩所說的「莎莉絲亞」正是天鈴鳥的名字，在精靈語中是「引路者」的意思。

精靈王竟然主動借出少女覬覦已久的天鈴鳥，夏思思立即喜孜孜地道謝，並且

催促同伴們盡快起程，深怕下一秒對方會反悔。

「明明這次思思姊姊虧大了，可是她卻表現得興高采烈，眞是敗給她了。」看夏思思拿到藥劑時那副「賺到了」的神情，莉蒂亞不禁搖首失笑，心想這位勇者大人還眞不懂算帳。

無論是龍血、生命之樹的葉子，還是生命泉水，皆是非常珍貴的寶物，少女到手後卻用來製成藥劑給別人使用，大方得眉頭也不皺一下。

聽到小公主的疑問，艾維斯笑著解釋：「思思她並不是不會算，只是她心裡的帳目與常人不一樣而已。」

莉蒂亞一臉迷茫的模樣可愛得很，艾維斯忽然覺得自己先前防賊般地防著這個孩子實在有點小題大作。即使她再聰明，再懂得耍心計，但終究只是個五歲的小女孩。

「對思思來說，艾莉與諾頓也是她的朋友，所以她使用藥劑一點兒也不會心痛，因爲她早就把讓兩人恢復這件情當作她的責任了。至於莎莉公主與伊妮卡她們，則是因爲藥劑既然做出來了，自然要發揮最大的作用。何況藥劑的原配方是她

那個自稱是流浪劍士的朋友送給她的，龍血由龍族免費提供，生命之樹的樹葉與生命泉水則是精靈送的，對思思來說，這本就是無本生利的事，不正是賺到了嗎？」

看著勇者大人神采飛揚的臉，莉蒂亞也不禁勾起了嘴角。她忽然知道爲什麼有那麼多人願意跟隨夏思思了，因爲少女會把同伴的事情放在心上，在重要的時刻她還是挺可靠的嘛！

無論是誰，都希望在自己遇上困難的時候，會有朋友不計代價地幫助自己吧？

□

天鈴鳥果然是遠行必備的好伙伴，精靈森林與冰雪之國之間路途遙遠，這小東西卻瞬間把勇者一行人準確地送達至目的地。

想到自從來到這個世界後，有大半時間都花在旅途上，夏思思此刻眞的幸福得想哭了。

對冰雪之國已非常熟悉的艾莉早準備就緒，在眾人跨越天鈴鳥連接的空間通

道、踏進古蹟範圍的瞬間，女子便用祕銀把眾人嚴密地護住了。即使如此，剎那的寒意還是讓眾人起了滿身雞皮疙瘩，體質較弱的夏思思與莉蒂亞還忍不住打了幾個噴嚏。

「這兒便是冰雪之國嗎？沒看到雪女呢！」初次來到這裡的夏思思，好奇地東張西望。

「這裡只是遺跡的外緣，雪女們居住的地區隱藏在最深處，她們直接在地底開闢了一個很大的空間。」艾莉笑著解釋。由於暫時找不到合身的劍士服，因此再也穿不上舊衣服的艾莉，換上了精靈族提供的衣服，剪裁修長貼身的衣物，顯得長大以後身材火辣的艾莉豐滿誘人，與之前的她簡直就像換了一個人似地，害眾人至今仍有點不習慣。

在艾莉與奈伊的帶領下，勇者一行人很快便來到了真正屬於冰雪之國的範圍，夏思思等人皆被這裡的壯觀景色震撼到了。與外界破損倒塌的遺跡不同，這裡的建築物非常完整，在冰雪覆蓋下顯得晶瑩剔透。神殿的正上方飄浮著一個照耀整片冰雪國度的發光體，在這銀白色小太陽那沒有溫度的柔和光芒照射下，宏偉的冰雪神

殿閃爍著猶如水晶般的潔白光輝，氣勢磅礡中帶有奇異的美。

凱文眼界大開之餘，不禁感慨道：「真虧你們能找到這個地方！」

奈伊略帶無奈地解釋道：「我是被雪女帶過來的，當時艾莉他們摔落到我們先前看見的大洞裡，也是雪女她們幫忙救援的。」

「摔下來!?從那麼高的地方!?」重遇奈伊時，眾人只顧著討論那名被封印在寒冰裡的龍族公主，對於艾莉他們當時的經歷倒沒有仔細了解過。因此當奈伊輕描淡寫的話一出，眾人全都吃驚極了。

於是在夏思思的要求下，奈伊邊走邊向同伴們描述了下當時的情況，一旁的艾莉也不時補充幾句，不算長，但內容絕對精彩的故事很快便吸引了眾人的心神。要是奈伊不說，他們也想不到原來尋覓到莎莉公主，以及奪回狄倫靈魂的過程竟如此驚險。

雪女三三兩兩地行走在鋪著寒冰的大街上，由於艾莉在出發前早已向冰雪之國發出通知，因此他們這群陌生人的出現，並沒有像上次奈伊出現時那般引來雪女們的恐慌。

雪女這個種族已經許久沒有出現在人前，就連埃德加也不禁多看了兩眼。面對外來者好奇的注視，街道上的雪女面無表情逕自行走，既不抗拒，也沒有回以絲毫熱情。

言談間，奈伊倏地看向遠方，隨即笑著高聲打了招呼：「諾頓，好久不見！」

眾人中以身爲魔族的奈伊與精靈族的克里斯眼力最好，龍王陛下剛從神殿走出來，便立即被兩人發現。只是白色使者性格淡漠，因此與高采烈地高聲打著招呼的只有奈伊一人。

一行人快步迎上小跑著過來的諾頓，一段時間沒見，雙方都有一肚子的話要說，尤其諾頓這期間自己留在這裡都快悶得發慌了。

夏思思向諾頓介紹克里斯與小公主之後，便站在原地與諾頓寒暄起來，結果不知不覺便造成勇者一行人堵在人家神殿大門的有趣情景，吱吱喳喳的眾人倒是爲這個冷清的國度增添了幾分熱鬧。

得悉克里斯專程過來替三長老檢驗藥劑成果，諾頓對於精靈族相贈葉子與生命泉水一事感激之餘，也對害得人家被迫四出奔波感到不好意思，連連向克里斯表達感謝之意。

無論是獸王凱柏納斯，還是精靈王亞德斯里恩，都有著無法言喻的王者氣勢，可這種氣勢卻沒有出現在諾頓身上，這讓從見面起便觀察著對方一舉一動的莉蒂亞感到無比失望。

看到小公主失望的神情，艾維斯笑道：「怎麼忽然不高興了？」

莉蒂亞小聲說道：「沒什麼……就是覺得龍王哥哥比想像中普通……」

艾維斯失笑道：「不然妳以為咧？難道妳眞的以為擁有王族血統的人特別高貴，天生便高人一等、與眾不同？拜託！這只是王族用來糊弄平民的論調，妳身為王女，應該也很清楚這種話到底有多不可信了吧？這世上的確有王者氣勢這種東西，但這是從小身處高位、頤指氣使慣了自然養成的氣質。現在諾頓記憶全失，妳能夠期待他多有氣勢？」

聽了青年的解釋後，莉蒂亞恍然大悟，她發現艾維斯總能解答自己的疑問。這個青年在做人處世上看得很通透，他不如維爾拉學院的老師們有著高深的學識與魔法知識，但卻能教導她很多其他東西；而這些東西，正是自己這個被人小心翼翼保

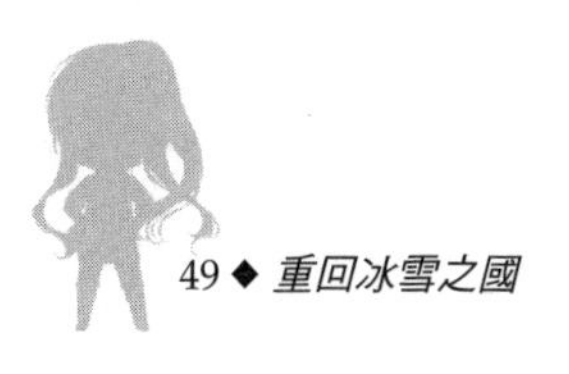

護著的小公主所欠缺的！

「艾維斯，不如事情結束以後，你來當我的老師吧！」小公主突發奇想。

青年大驚道：「不要！沒興趣！再說有那麼多高人爭著想教妳東西，哪用得著我？」

「可是像『王族與平民天生並沒有特別不同』這種話，只有你會對我說。其實我平常都要留在學院裡，你也不用特意教我什麼，只要在我每星期的休息日陪我到處走走，了解一下民間的事情就好。」莉蒂亞愈想愈覺得這是個好主意。

「還是不要了，我不希望與王族扯上關係。而且妳一個公主找我這個亡者森林出身的人當導師，會被那些貴族說閒話的。」

小公主笑了道：「我才不怕呢！姑姑她不是還找了一個亡者森林出身的未婚夫嗎？可惜你老了點，不然我也乾脆叫父王替我們賜婚算了，也不用求你教我。」說到這裡小公主頓了頓，然後道出了對年輕人來說挺可恨的稱呼：「艾維斯叔叔。」

艾維斯瞬間氣炸，道：「誰是叔叔啊!?」

莉蒂亞理直氣壯地扳著手指回答：「可是你的兄弟是我姑姑的未婚夫對不對？

姑姑是我的長輩對不對？那麼她的未婚夫也是我的長輩了對不對？然後你與我長輩的未婚夫同輩對不對？那麼我當然稱你爲『叔叔』啊！」

連串的「對不對」攻勢壓下來，然而艾維斯可不是省油的燈，氣定神閒地繼續抗議道：「問題是我只比妳大十七歲而已，怎麼看也不像妳的長輩。有誰會那麼年輕跑去生孩子啊？」

「我父王啊！他十多歲便有了我！」莉蒂亞一秒回答。

艾維斯這才想起布萊恩國王的偉大事蹟，的確，相較於對方奇葩地十四歲便當了父親，自己口中的十七歲眞的弱爆了……

「那妳怎麼不喚思思作阿姨？她不是妳長輩嗎？」艾維斯惡劣地把禍水向東流，私心下也想看看思思被人叫「阿姨」時的模樣。

「我喜歡，你管得著？」

即使艾維斯再聰明，也拿莉蒂亞賴皮的表現無可奈何，只得鬱悶地道：「只是因爲我拒絕當妳的老師而已，便硬要把我叫得那麼老，有必要嗎？」

看到青年吃癟的樣子，莉蒂亞歡快地笑了。

小公主從頭到尾與艾維斯對話時都保持著良好禮儀，斯斯文文的語氣再加上掩嘴輕笑的模樣，要有多淑女便有多淑女，完全看不出正在損人的樣子。這讓青年佩服對方眞會裝的同時，也不禁暗暗擔心國家的將來……

這位未來的女王陛下小小年紀已這麼能言善辯，眞的太可怕了！

見艾維斯一臉「後生可畏」的神情，莉蒂亞掩嘴一笑。雖然女孩沒有繼續挖苦對方，卻是暗地裡下了決心，回到城堡以後，要找父王幫忙說服艾維斯當她的導師，教曉自己明白那些在學院裡無法學到的道理！

ch.3
龍王陛下

進入主神殿以後，夏思思總算見到那名曾稱呼奈伊爲「夜」、並爲他們道出第一個預言的雪女祭司克絲蒂娜。

夏思思身邊不愛說話的朋友著實不少，如果說埃德加讓人覺得冰冷嚴謹如寒冰，那克里斯就是對任何事情都漠不關心的淡然。可是克絲蒂娜給人的感覺，卻又與少女之前認識的人截然不同，這位美麗的少女祭司有著不食人間煙火的飄逸，乍看下，竟有點像克里斯隱身時那種像鬼魂般不屬於這世界的感覺。

雖仍不確定雪女到底是敵是友，可是作爲「雷達」，奈伊多次說過從雪女身上感受不到絲毫敵意，因此夏思思思量過後，還是決定先心平氣和地與對方談一談。

這也就是爲何他們即使有天鈴鳥帶領，仍沒有直接闖進封印龍族公主的地點，而是選擇先到神殿拜訪這裡最高領導人的原因。見面時，思思等人也沒有隱瞞對方任何東西，把生命藥劑的事，以及到這裡的目的和盤托出，當然，最後不忘再次要求對方解開莎莉公主的封印。

雖然夏思思手上有著解除封印的法寶聖湖湖水。像諾頓那種直接施加在身上的魔法，少女的確拿它沒辦法，可是冰封這類型的利用聖水還是能夠解除的。可惜在水靈正陷入沉睡的當下，夏思思對聖水的掌控已大不如前，因此若能說服雪女把冰雪封印解開的話，少女並不想冒險。

聽過眾人的來意後，克絲蒂娜輕聲說道：「如果藥劑能對龍王陛下起作用的話，那我自然會把封印解開。」

想不到克絲蒂娜竟答允得如此乾脆，眾人不禁喜出望外。雖然事情能如願以償是好事，但艾莉就是管不住自己的嘴巴。「妳說得倒是很輕鬆，但妳不用問過佛洛德便能自己拿主意嗎？而且爲什麼解除封印要先確定藥劑對諾頓能起作用才行？」

克絲蒂娜沒有回答，清冷的臉上露出了茫然的神情，道：「我不須詢問佛洛德任何事情。」

女孩的回答讓艾莉愣了愣，立即產生新的疑問。身爲騎士團隊長，埃德加自然知曉自己的小隊長是什麼德行。爲免艾莉再說什麼讓事情生變，青年在艾莉重新詢問以前擺了擺手，憑著隊長的威嚴，輕輕一個動作便讓艾莉閉嘴了，看起來實在帥得無話可說。

對埃德加來說，現在首要任務是先解除諾頓身上的封印。由於初認識之際，諾

頓便已失去記憶，再加上青年老實無比的性格，實在太容易讓人忽略他的身分。可對方的確是現任龍王！當諾頓恢復實力後，身為龍王的他，要滅掉雪女只是輕而易舉的事。何況只要諾頓的記憶能恢復，那麼他身上的謎團自然能夠解開。

埃德加詢問：「克里斯，請你替諾頓看一下，那藥劑是否能消除他的封印？」

克里斯點了點頭，有禮卻淡漠地向諾頓說道：「龍王陛下，請伸出右手。」

看到精靈握住諾頓的手腕，熟悉的動作讓夏思思雙眼一亮，道：「把脈？」

奈伊好奇地詢問：「思思，什麼是把脈？」

少女解釋：「一種看病的方式，是聽脈搏的跳動然後察看身體狀況的一種方法。」說到這裡，夏思思不確定地詢問：「奈伊不知道把脈？」

青年笑道：「不知道，思思妳懂得眞多。」隨即露出一臉崇拜的神情。

「那奈伊你覺得克里斯在做什麼？」別看奈伊說話總讓人哭笑不得，但少女知道他被封印時為了打發時間，便把意識附在一些小妖獸身上，因此單純在知識方面，奈伊懂得很多。如果連奈伊也沒有聽過把脈，難道是自己會錯意了嗎？

果然，下一秒便聽到奈伊回答：「克里斯正把體內的自然之力經由觸碰傳輸到諾頓的體內進行檢視，不過他有沒有聆聽諾頓的脈搏我就不知道了。」

隨著奈伊的解說，藏匿在諾頓手臂的青鳥倏地現身，克里斯的魔力探查顯然打擾到這位性子不好的「住客」了，只見青鳥在空中焦躁地鳴叫，以發洩牠內心的不滿。

聽見奈伊的解說，夏思思瞬間被雷到了。這怎樣聽都像武林高手把內力輸進人家體內療傷耶！原來克里斯不是中醫，而是武林高手嗎!?

克里斯並不曉得自己已被夏思思冠上了「武林高手」的頭銜，青年認真地查探諾頓的狀況後，頷首說道：「請放心，您身上的封身魔法只是針對性地截斷魔力流動以及封印記憶，只要一口藥劑便能解除這些負面狀況。只是很奇怪的是……」說到這裡，克里斯看了看勇者等人一眼，似乎有點顧忌並沒有把話說完：「您現在可以立即把藥劑喝下了。」

夏思思慨嘆著藥劑萬能的同時，邊從空間戒指裡取出存放在裡面的藥劑，還很體貼地同時遞上杯子。

克里斯把藥劑倒進杯子裡，大約只有一口多一點的分量，隨即便把盛著藥劑的

杯子交至諾頓手中。青年沒有絲毫猶豫，雙眼一閉便將杯裡的藥劑喝光，這種毫無保留的信任，讓思思等人感到很窩心。

藥劑立即發揮了效力，雖然眾人看不到諾頓衣服下的魔法陣是否已經消除，可是當青年一頭暗金短髮逐漸轉變成燦金，磅礴的氣勢更是迅速攀升，他們就知道眞正的諾頓回來了！

爲青年感到高興的同時，眾人卻又感到有點忐忑不安。恢復記憶的諾頓，還會待大家一如以往那樣嗎？會不會恢復記憶以後，彼此的關係就再也不復從前了？

不久便見諾頓張開緊閉的雙眼，青年一身令人感到呼吸困難的威壓頓時消失無蹤。依然是那張平凡的臉，可是給人的感覺卻與以往截然不同。

「諾頓……陛下？」夏思思小心翼翼地喚了青年一聲。

努力收斂著自身氣息的諾頓苦笑道：「思思妳就不要試探我了……妳還是直接叫我的名字吧！妳這樣畢恭畢敬我怪不習慣的。」

夏思思反駁道：「你以爲我想要這樣嗎？誰教你剛才氣勢那麼嚇人。」說罷，少女面露委屈，幽怨的眼神眨也不眨地盯著青年。

見龍王大人在自己的注視下變得愈來愈拘謹，少女「噗哧」一笑，隨即在眾人驚訝的注視下撲進青年懷裡道：「諾頓還是諾頓，我眞的好高興！」

埃德加本來想要阻止夏思思輕率的舉動，畢竟勇者大人輕薄龍王這種八卦若傳出去，實在不怎麼好聽。可是看到少女那神采飛揚的喜悅神情，埃德加銳利的藍眸不禁變得柔和起來，最終還是沒有把教訓對方的話說出口。

諾頓在少女突然抱住自己時，下意識抬手想要把人拉住，可是立即想到自己的實力在藥效作用下逐漸恢復，怕一時間控制不好力道把少女弄傷，只得僵硬著任由夏思思投懷送抱，臉上卻止不住地紅了起來。

「看來龍王還挺純情的嘛！」這是在場所有人的心聲。

任由夏思思抱個夠笑嘻嘻地退開後，諾頓尷尬地搔了搔臉，隨即向雪女祭司說道：「克絲蒂娜，謝謝妳！」

勇者一行人全都露出驚訝的表情，不知諾頓爲何向冰封了自己妹妹的雪女道謝。只有克里斯聞言後一臉瞭然，眸子裡那意味深長的神情，顯然對於對方道謝的原因一清二楚。

克絲蒂娜微微一笑，少女的笑容與克里斯一樣非常短暫，不同的是，白色使者的笑容給人溫暖的感覺，可雪女的微笑卻有種霧裡看花的不眞實感。

「諾頓，你不急著救你妹妹嗎？」奈伊察覺到先前很焦慮、急著想解除莎莉封印的青年，在恢復記憶後反倒變得不在乎了!?

諾頓頷首：「不急，莎莉的狀況我很清楚，因爲本就是我拜託克絲蒂娜幫忙把她冰封起來的。」

「咦!?」出乎意料的回答讓眾人忍不住低呼出聲。原來克絲蒂娜不是佛洛德的朋友，而是諾頓的！難怪當夏思思等人說到雪女答允北方賢者把莎莉公主封印時，克絲蒂娜會露出茫然的表情了！

埃德加皺起眉道：「到底是怎麼回事？能麻煩您爲我們解惑嗎？諾頓陛下。」

充滿禮貌與敬稱的話語背後，是冷颼颼的寒氣，在冰山隊長獨特的寒意下，即使是有著祕銀保護的眾人，也在心裡大呼吃不消，紛紛伸手拉緊了衣領。

「呵呵，埃德加你言重了。我不是說大家像以前一樣直接叫我名字就好嗎？」

諾頓乾笑了幾聲，雖然現在埃德加的實力在他眼裡無法構成威脅，可諾頓還是很敬畏這名聖騎士長。他可沒忘記在他失憶的時候曾多番受到這名表面冰冷、但卻很懂得照顧人的青年的關照，也清楚明白埃德加在這個團隊中到底有著怎樣的地位！

對於這些一起共患難的同伴，諾頓很感激，因此雖然明知自己應該把眞相爛在肚子裡，但諾頓卻從沒想過要隱瞞他們什麼。

於是在克絲蒂娜不贊同的目光下，諾頓還是把事情眞相娓娓道來。

傳說中，第一代神魔戰爭後，世上聚集了五道濃郁的暗黑力量，這些都是闇之神戰鬥時殘留下來的最邪惡力量。

這些能量有著魔族吸納負面情緒的特質，當時眞神因過度消耗能力而陷入漫長的沉睡，從此淡出人類的世界。教廷用盡方法都無法將這些暗黑力量消滅，只能眼睜睜看著這五股魔力逐漸壯大，甚至把它們盤踞的地區逐漸變成只有魔族與不死生物才能生存的死域！

最後是初代勇者將聖劍化爲五枚碎片，分別鎭壓住這五處被暗黑魔力所籠罩的地區，千瘡百孔的世界這才獲得了眞正的寧靜。

本來事情到這裡應該完滿結束，可惜眞神的力量與闇之神處於伯仲之間，要擊敗對方本已僥倖，結果在數百年後竟讓闇之神掙脫出一條狹縫。

當時的眞神已無力與魔族爭鬥，於是便從異世界召喚一名不畏懼闇之神精神攻擊的勇者，這便是傳說中的第二代勇者。

二代勇者的任務是尋回聖物碎片讓它重新組合成聖劍，然而失去碎片鎮壓的暗黑魔力卻再次復甦，在闇之神掙破封印時被吸納了過去。

然後如同歷史記載，第二代勇者成功再次封印闇之神，失去闇之神控制的五股暗黑魔力又再度分散在新的區域，於是第二代勇者仿效一代的作法，把聖劍一分爲五用來鎮壓那五個地區……

碎片的位置被教廷仔細記錄下來，可是最終卻出了意外！經過多年後，一名天資卓越的魔法師沉迷於亡靈魔法，最後竟然打上了碎片的主意！

這名亡靈法師從教廷總部中偷出了記載碎片所在地的地圖，雖然地圖標示著滿滿看不懂的暗號，但這人不愧爲百年難得一見的天才，竟讓他連猜帶矇地根據地圖指示來到了龍之谷，並找到其中一枚聖物碎片！

可他高興不了多久，便遭到教廷的瘋狂追殺。最後這枚碎片被教廷奪回並保管在總部裡。

這枚碎片在很久很久以後因一場意外，部分沒入了流有魔族與初代勇者血脈的少女體內。於是這位擁有黑翼，以及異色雙瞳的少女受到教廷的追殺，也把深愛著她的北方賢者推往魔族的一方。

聽到這裡，夏思思恍然大悟，道：「原來那張地圖是這樣來的！難怪我就覺得奇怪，明明其中一個標記是在龍之谷，可是數數我獲得的碎片，冰雪之國一枚、妖精原野一枚、湯馬仕的墓穴一枚、石之崖一枚……也就是說，那枚存放在教廷總部的碎片，原本應該在龍之谷鎮壓暗黑魔力吧？」

此時莉蒂亞插話了：「那張地圖我聽說過！那是思思姊姊妳從強盜手上搶過來的吧！」

不知情的克里斯等人，聞言全都往夏思思身上看去，心想這位勇者大人所做的事情還眞是出人意表啊！竟然連強盜都打劫過了……

夏思思臉都綠了。

誰誰誰！誰在小公主面前破壞我的形象!?

少女露出自認最最和善的笑容，向莉蒂亞解釋道：「思思姊姊我沒有搶人家的東西喔！那是人家送我的。」基本上少女也沒有說謊，那地圖的確是蒼狼團被她暴揍一頓以後，雙手奉上的。

見小公主一臉懷疑，夏思思有點心虛地轉移話題，道：「諾頓你還沒回答我的問題呢！那枚存放在教廷總部的聖物碎片，是不是本應在龍之谷鎮壓暗黑魔力，後來卻被亡靈法師所奪去了？」

「是的。」

獲得諾頓的確認，夏思思感慨道：「你故事裡的亡靈法師應該就是被我盜過墓的……」此時埃德加假咳一聲，少女立即從善如流地改口：「那個亡靈法師應該便是擁有『紅袍法師』之稱的湯馬仕。傳說他當年被教廷追殺，逃亡至落石山脈，想不到原來主因竟是因爲盜取了聖物碎片，也難怪教廷會這樣死命地追殺他了。」

夏思思的話引起龍王的好奇，「思思妳很熟悉他嗎？據我所知，這名亡靈法師已經是好幾百年以前的人了。」初來這個世界報到的夏思思對很多事還不太了解，更何況有關湯馬仕死前的記載並不多，諾頓好奇為什麼少女會知道得如此清楚。

有埃德加這名監護人在旁虎視眈眈，夏思思自然不敢再說自己曾去盜人家的墓這種嚴重破壞勇者形象的話來，只得含糊其詞地解釋：「你也知道我在搜集聖物碎片嘛！所以收到相關情報也是很正常的……綜合了我『實地考察』以後所得的情報來推測，當年湯馬仕重傷後逃亡至落石山脈，發現那處竟也藏著其中一枚碎片。於是他便設置了一個大量聚集暗黑魔力的魔法陣，繼續實行他那以聖物碎片為命匣，轉世為巫妖的瘋狂計畫。」

說到這裡，少女也不得慨嘆那人的好運，竟然在逃亡之時發現了另一枚碎片的存在。想到湯馬仕以自己的屍體吸納暗黑魔力來孕育新肉體的方式，夏思思便感到一陣噁心。那是她所見過最邪惡的東西，當時的情景雖然並不血腥，可是卻要比斷肢橫飛的場面更讓人心生恐懼。

那是一種赤裸裸的邪惡。

夏思思甩了甩頭把那噁心的場面從腦海裡甩走，詢問道：「然後呢？你們又

是爲什麼，以及怎樣與佛洛德搭上線的？」雖然諾頓並沒有提及太多關於北方賢者的事，可是以少女的聰明，自然猜到北方賢者所謂的「綁架」，根本就是與龍王合謀、自編自導自演的戲碼！

想到這裡，夏思思看向諾頓的眼神帶有一絲譴責。

敢情你先前都是在耍我們啊！

在少女充滿控訴的目光下，龍王陛下不自在地笑了笑，隨即解釋：「其實是這樣的……」

龍之谷失去了聖物碎片鎮壓，凝聚在這個區域的暗黑魔力便在無人知悉的狀況下開始肆虐。如果這情況出現在人類城鎮中，相信過不久便會被人們發現。偏偏賽得里克山谷裡居住的全都是抗魔性極高的巨龍，再加上這些暗黑魔力再有吸引力，也沒有妖獸膽敢接近龍族領域，於是便產生了類似溫水煮青蛙的狀況——把水逐漸加溫，短時間內青蛙並不會感到不妥，當牠察覺到危險的時候，卻已經太遲了，龍族正是這種狀況！

如果那些只是尋常的暗黑之力，便會先從族群中弱小的成員開始影響。然而這股魔力卻是從羅奈爾得而來，殘留了主人對光系元素的憎恨，也繼承了闇之神的傲氣。結果首當其衝被暗黑魔力視爲目標侵蝕的並不是較爲弱小的巨龍，而是身具神聖力量，且實力最強的黃金龍！

被暗黑魔力逐漸入侵，長年累月之後，當諾頓與莎莉察覺到不妥時，已無法把入體的魔力驅除了。

當時屠龍勇士獵殺巨龍的風潮正盛，是人類與龍族關係最爲惡劣的時期。諾頓爲了壓抑體內暗黑魔力而無法發揮全部實力的狀況萬一被人類知悉，只怕立即就會招來屠龍勇士蜂擁而至。畢竟屠殺黃金龍所獲得的，不止是足以揮霍數輩子的巨大財富，還有至高無上的榮耀！這些好處絕對能吸引那些屠龍勇士不怕死地前仆後繼殺上龍之谷，即使龍族能把這些人族高手全殺光，也必定會元氣大傷，而這不是諾頓希望看到的。

更何況諾頓體內存有的暗黑魔力可能會引出教廷這個龐然大物，萬一惹來對方的追殺，在龍王無法使出全部實力應戰的狀況下，對龍族來說絕對是滅頂之災！

因此諾頓與莎莉完全不敢洩露半分自身的狀況，只能利用血脈之力來壓抑體內的魔力，這樣苦苦支撐了多年以後，修爲稍弱的莎莉開始有了被暗黑魔力影響心智的兆頭，原本溫柔如水的小姑娘竟變得焦慮易怒。諾頓知道不能再這樣繼續下去，他必須尋找自救的方法！

說到要對付暗黑魔力，首選自然是魔族的死對頭教廷。可是諾頓實在無法預料教廷知道這件事之後的反應，而且他也承擔不起被人類視爲邪惡圍攻的後果。

結果因爲害怕走漏風聲，諾頓他們不只不敢把事情告訴其他族人，還得在他們面前裝出強大如初的模樣維持龍族的向心力。

就在兄妹二人苦苦支撐、無力看著自己身體逐漸被暗黑魔力侵蝕卻苦無對策之際，精靈族的白色使者前來龍族探訪，他帶來了令人震驚的消息——人類中的北方賢者佛洛德叛變，而且已經正式投向魔族那方！

引起諾頓關注的是北方賢者叛變的原因，傳言佛洛德之所以投靠魔族，是因爲他愛上了一名被魔族之血沾污的女孩！

乍聽到這個消息，龍王兄妹不禁生出同病相憐的感覺，更是慶幸他們沒有貿然行事。雖說那時人類已不再屠龍，但如果他們身具暗黑魔力一事曝光，說不定便會如同北方賢者的情人一樣，成爲人人喊打追殺的魔頭。

其實諾頓所不知的是，雖然教廷確實是魔族的死敵，可是當初伊妮卡被發現時，對方根本就沒有想要置少女於死地，只是因爲往後發生的連串意外，讓伊妮卡吸取了聖物碎片的部分能量。爲了讓聖物復原，因此教廷才不得已追殺伊妮卡，最終雙方形成了不死不休的局面！

爲免他人打伊妮卡體內碎片的主意，因此教廷並沒有把這消息發放出去，至於佛洛德爲了戀人的安全更不會說的。於是在保密的情況下，龍王陛下便誤會了，繼而徹底打消向教廷求援的心思。

後來得知佛洛德正努力尋找消除伊妮卡體內魔性的方法，龍王殿下便有了結識北方賢者的想法。

明明該是不會有交集的兩人，卻因爲相似的不幸而交會在一起。有時候人與人之間的緣分，就是如此地奧妙。

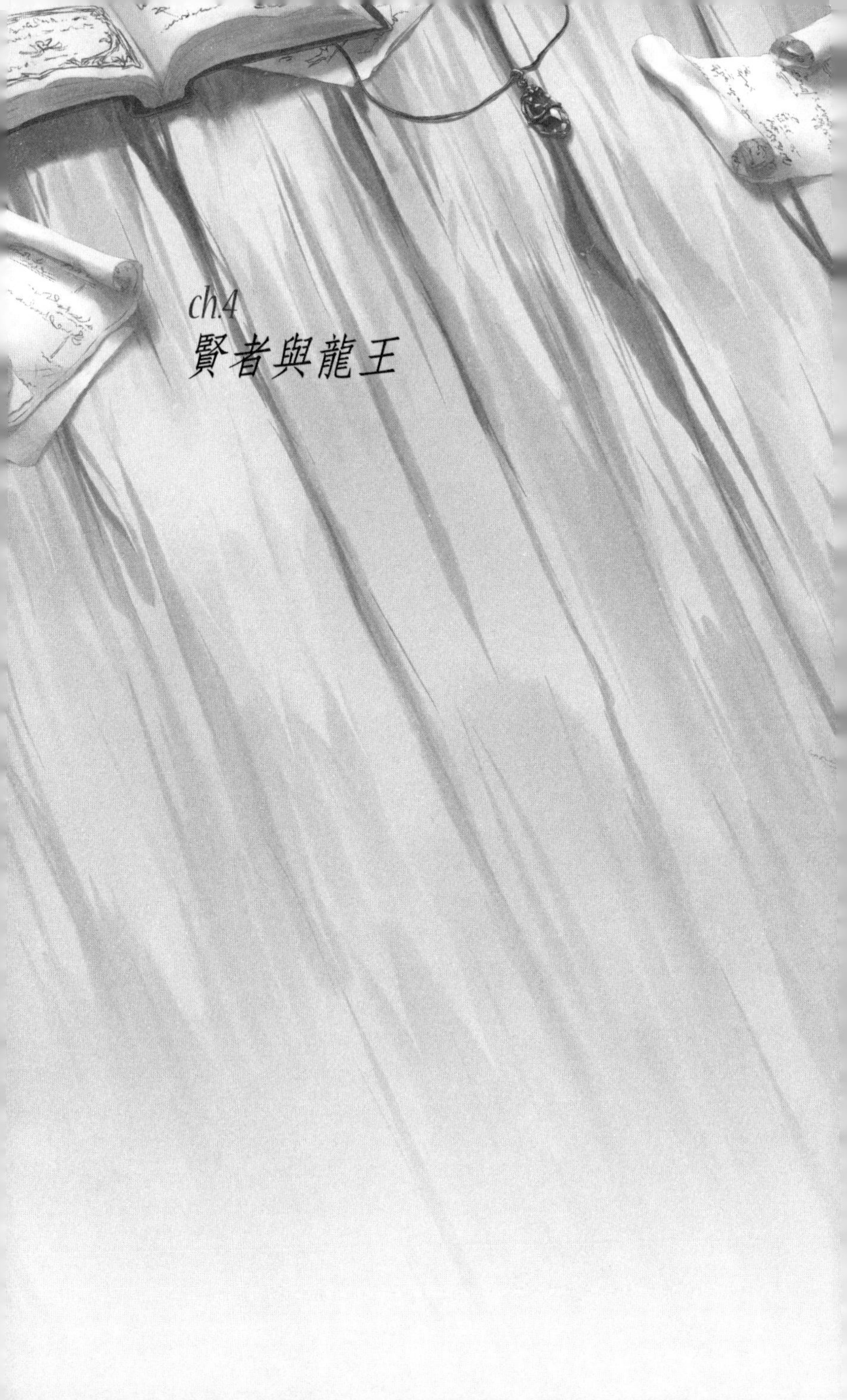

ch.4
賢者與龍王

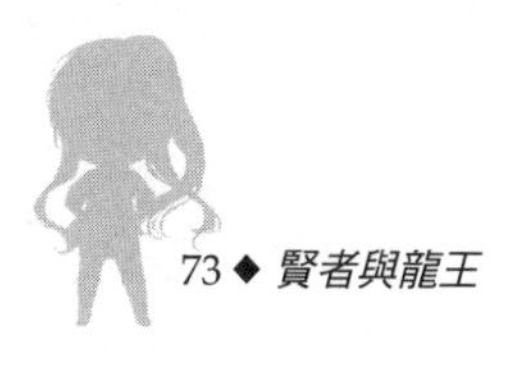

雖然諾頓早有與佛洛德及伊妮卡會面的想法，但率先提出的人卻是莎莉。女孩子總是比較多愁善感，北方賢者爲了愛人背叛人類一事，對於莎莉這種情竇初開的少女來說本就浪漫，何況伊妮卡的狀況與他們非常相似，更讓龍族公主產生了結識二人的想法。

莎莉的提議獲諾頓的認可。正所謂一人計短，二人計長，既然雙方遭遇相似，那何不一起研究解決方法？諾頓相信那位名叫佛洛德的人族青年既然擁有「賢者」名號，自然是驚才絕艷之輩。說不定集合雙方想法，還眞能讓他們研究出解決之道呢！

於是諾頓便以陪同莎莉歷練爲名目離開了龍之谷，外出尋找四處逃亡的佛洛德二人。

當諾頓找到他們時，被無休止的追殺逼得疲憊不堪的兩人，正陷入軍隊的包圍中。諾頓注意到佛洛德與伊妮卡即使處境再危險，出手時仍留有三分餘地，每次頂多只把追兵重創至無法追擊的程度，竟沒奪走任何性命！

諾頓是個很念舊情的人，佛洛德的這種做法，頓時在龍王陛下心裡增加了不少

好感，更讓青年加深了結交對方的想法。於是龍王兄妹在不洩露身分的狀況下把人救了出來；經相處證實兩人的性情眞的値得相交，便向對方坦誠自己的事情。

龍王陛下的提案對佛洛德來說只有好處沒有壞處，更何況龍王兄妹對他們還有著救命之恩。因此在諾頓道出自己的目的後，佛洛德想也不想，便爽快地應允下來。

於是四人開始了結伴同行的日子，有了諾頓兄妹的幫助，佛洛德二人總算完全擺脫教廷的追擊，且在死亡沼澤中定居下來。

龍王有著一身強大的魔力，佛洛德則擁有無人可比的聰慧與豐富知識，兩人努力尋找能解除魔化方法的同時也成了至交好友，可惜，即使窮四人之力，仍找不到解決被暗黑魔力侵蝕的方法。

伊妮卡的狀況還好，雖然被魔血沾污的身體顯現魔族的特徵，體內的聖物碎片還讓她成為教廷追殺的目標，可是在碎片影響下，魔血已無法進一步侵蝕她。

可是諾頓與莎莉體內的暗黑魔力卻隨著時間逐漸變強，最後，莎莉的心智已嚴重受到影響，再拖下去，只怕少女無論是內心還是軀體都會被徹底魔化！

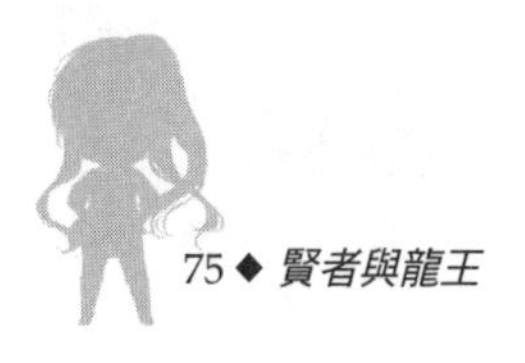

此時諾頓想起有一年當他飛過北方極地時，曾救了一群遭遇妖獸圍攻的雪女，正巧其中一名女孩是雪女族的下任祭司。當時那孩子曾允諾過，爲了答謝諾頓仗義相助，在能力可及的範圍內，願意爲龍族提供任何協助。

之所以會想起這件事，是因爲雪女的攻擊力雖然並不高強，但她們的種族特性卻在封印的天賦上得天獨厚。於是諾頓便生出了找雪女幫忙，在尋出解決方法以前，暫時將莎莉封印的念頭。

至於諾頓，雖然佛洛德無法驅除龍王體內的暗黑魔力，可是他發現這些魔力是因爲吞噬諾頓本身的魔力才會增長，諾頓與已經被黑暗侵蝕得幾乎失去本心的莎莉不同，只要把他一身魔力封印住，有很大的機會能讓暗黑魔力不再增長，爲諾頓爭取更多的時間。

於是在雙方商議過後，他們決定讓雪女封印莎莉，並且由佛洛德嘗試在諾頓身上施加封身魔法，把龍王一身魔力暫時封印。

由於莎莉的封印不知何時才能解除，身爲龍族的公主，總不能一直以歷練的藉口留在外頭，因此在找到解決問題的方法以前，他們得要有一個理由來解釋莎莉的

失蹤。再加上若諾頓長時間離開龍之谷也會惹人懷疑，結果便有了聯手演出邪惡的北方賢者攻擊龍之谷，並擄走莎莉公主的戲碼。

爲了追捕北方賢者，以及救回被擄走的妹妹，諾頓離開龍之谷這件事便變得順理成章了。

本來諾頓是萬分不願使用這個會影響到佛洛德名聲的方法，然而佛洛德卻向龍王解釋，他正是故意要把自己弄得聲名狼藉。

除非他願意放棄伊妮卡，不然佛洛德必定要想辦法穩住魔族那邊，讓闇之神相信他是眞心想要投靠。他不求羅奈爾得會大發慈悲向他們提供任何幫助，只要這位闇之神不要心血來潮去扯他後腿就好了。

佛洛德的理由說服了諾頓，於是在諾頓與莎莉的配合下，佛洛德成功闖入龍之谷，並將龍族公主擄走。爲了救回妹妹的龍王尾隨北方賢者離開，從此失去了蹤影。

成功演了一場戲把所有人騙倒後，諾頓找到隱居在古遺跡的雪女們，請求她們將莎莉冰封起來，並爲此事保密。

雖然雪女的性子冷冰冰的，可她們卻是知恩圖報的善良種族，所居住的古遺跡也非常隱蔽安全。有了雪女的照看，諾頓安心地把封印在寒冰裡的莎莉留了下來。

離開冰雪之國的諾頓要求佛洛德封印自己身上的魔力，然而在封身魔法進行之時，忽然出現一頭黑色巨龍。這頭黑龍帶來了一對雙胞胎高階魔族任佛洛德差遣，同時也代表闇之神承認北方賢者與伊妮卡成爲魔族的一員。

受到黑龍出現的干擾，諾頓的記憶也隨同一身魔力被封印了起來。要讓諾頓恢復記憶則必須把封身魔法解除，可是這種將全身所有力量封印、強行把巨龍壓抑在人體形態的封印實在過於霸道，一次還好，若短時間接連封印難免會對諾頓的身體產生無法彌補的傷害，也容易造成他體內暗黑魔力的反噬。於是佛洛德並沒有輕率地解開諾頓的封印，而是選擇把失憶的龍王陛下交託給一對務農維生的年老夫婦照顧，與伊妮卡繼續尋找能夠驅除魔化的方法。

雖然諾頓最後殘留的記憶是一頭黑色巨龍，以及因體內魔力亂竄而引發的劇痛，失去意識後的事全都是他的猜測，但綜合眾人所知道的事與諾頓對佛洛德的了解，這猜測也應該離事實不遠。

夏思思感嘆道：「佛洛德人似乎並不壞啊……」少女與北方賢者只有過一面之緣，雖然當時佛洛德給她的印象已經不錯，但這感覺終究非常片面，自然及不上諾頓形容的這麼具體。

隨即夏思思把詢問的眼神投向一旁的女騎士，只因在場眾人之中最熟悉佛洛德的並不是諾頓，而是從小便認識佛洛德的艾莉。

艾莉忿忿不平地抿起了嘴，道：「雖然我很想說這個重色輕友傢伙的壞話，不過無可否認，他確實是個值得深交的人。」

艾莉對賢者大人的評價讓夏思思笑了出來，隨即少女發現埃德加眉頭深鎖，一副很不高興的模樣。

「埃德加，怎麼了嗎？」少女不得不感嘆騎士長的強大，為什麼明明他只是在苦惱，看起來卻像一臉不爽的表情？這個人真是無愧於「冰山隊長」的稱號。

聽到夏思思的詢問，埃德加眉宇間的皺紋又再度深上幾分，看起來就是一副很不高興的樣子，他道：「我在想諾頓剛剛說的黑龍……諾頓，那頭黑龍有沒有什麼

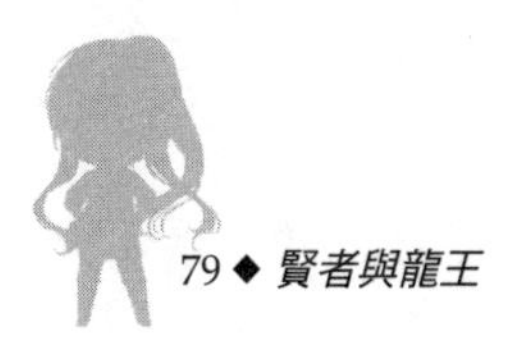

特別的地方？」

被騎士長愼重其事的態度感染，諾頓神情不禁嚴肅起來，道：「這麼說起來，當時我全副心神都配合著佛洛德，所以也不是太確定……但那頭黑龍似乎並不是眞正的龍族。」

埃德加聞言，藍色的眸子瞬間變得銳利，道：「爲什麼會這樣認爲？」

諾頓解釋：「因爲在龍族的歷史中，從沒有出現過闇系巨龍，何況牠徒有巨龍形態，然而身上卻完全沒有龍族應有的氣息。」

艾莉詢問：「會不會是新品種？例如是龍族與魔族結合後生下的亞龍？」

諾頓搖首：「不會，龍血之所以能夠驅除魔毒，是因爲我們的血脈力量遠比其他種族強大。即使是與別的種族結合，生下來的孩子也會偏向繼承龍族血脈的天賦，只是力量會變得較弱而已。而龍族之中尤以黃金龍的血脈傳承最強大，就像我的母后是頭棕龍，可是我與妹妹卻百分之百遺傳了父親的黃金龍血脈，完全沒有繼承到母后土元素方面的親和力。」

「原來如此……」夏思思恍然大悟地點了點頭，流暢的點頭動作卻倏地停頓下來。只因她忽然想起一頭完全符合諾頓形容的黑龍！

黑色的巨龍、身負闇系力量、沒有龍族應有的氣息……

夏思思與同時想到答案的艾維斯異口同聲地說道：「那個被奧汀責罵了一頓的壞領主！／克勞德城的領主亞伯特！」

埃德加點了點頭，道：「我也是想到他。記得在克勞德城遇上亞伯特時，化身爲魔龍的他，正是與佛洛德一同消失的。」

看到騎士長益發變得冷峻的神色，夏思思這才想起那名變成巨龍的領主，聽說私底下與埃德加交情不錯。雖然埃德加沒有表現出來，但看到朋友變成這副模樣，他心裡必定不好受吧？

回想當初看到領主化身成黑色巨龍時，夏思思還以爲亞伯特是佛洛德所創造的坐騎（寵物？），但聽過諾頓的敘述後卻發現他們都想錯了，這頭黑龍根本就是闇之神用來收買北方賢者的禮物吧!?

總而言之，夏思思有點羨慕佛洛德的好運，她也很想找頭巨龍來騎騎看，就像那些奇幻小說中所描述的龍騎士般，多威風啊！

想到被羅奈爾得變成黑龍的亞伯特，夏思思不禁想起被黑龍送給佛洛德差遣的雙胞胎，其中的兄長應該就是那名在水城刺殺她、叫嚷著要替他的克奈兒復仇的少年里克了。

要是亞伯特的事是羅奈爾得所做的倒還說得過去，可是里克與克奈兒這兩名高階魔族雙胞胎，眞的是闇之神的傑作嗎？

別人或許不清楚，聽卡斯帕提過當年眞相的夏思思卻是知道的。所謂的魔族，是結合了闇系血脈、魔力與鍊金術所產生出來的產物，並不是如同傳說中所說，是由闇之神所創造出來的後裔。

雖說闇之神最後確實創造了奈伊這個高階魔族，可是奈伊卻是個猶如複製人般的存在，與那對雙胞胎根本就是完全不同的概念。以夏思思對羅奈爾得的了解，對方只是個擁有著闇系體質、戰鬥力特強的殺手，實際上卻是什麼也不懂的門外漢。

當年有喬納森打造的基礎，無論是實驗所需器材還是材料都已準備好了，因此闇之神能夠創造出奈伊這個複製人還勉強說得通。

然而在羅奈爾得被封印在結界裡的現在，他眞的還能創造出里克與克奈兒這對兄妹嗎？

但如果創造出這些高階魔族的人不是羅奈爾得，那又會是誰？

「思思、思思！」

艾莉的呼喚讓夏思思回過神來，她不好意思地笑問：「怎麼了？」

女騎士沒好氣地翻了一個白眼過去道：「還問我怎麼了，妳剛剛在想什麼？想得那麼入神，我叫了妳好幾次都沒反應。」

夏思思沉默著沒有作聲，心裡正衡量著是否該把剛剛的想法說出。然而要說出這個論點，卻勢必要道破卡斯帕的身分，不然根本無法令人信服。要讓眾人相信她的話，難免得透露一些內情，於是夏思思猶豫了。

「吼～」就在夏思思內心掙扎之際，震耳欲聾的咆哮聲伴隨一陣劇烈的震動而起。強大的聲響令眾人短暫失聰，駐守在神殿四周的雪女迅速來到克絲蒂娜身邊，牢牢保護著她們重要的祭司。

夏思思連忙拋出數個終極治癒術，被吼叫聲震動得頭暈眼花的眾人這才覺得好

過了不少。對於少女一出手便是終極治癒術，埃德加看了勇者大人一眼後卻沒有多說什麼，他早已對夏思思暴發戶般使用魔力的方式感到麻木了。

「那是……龍吟？」凱文詢問一臉凝重的諾頓，心想該不會說什麼便來什麼吧？

諾頓皺了皺眉，道：「的確是龍吟，只是其中卻沒有夾雜著絲毫龍威……是那頭黑龍！」

龍王大人的話讓眾人心頭一驚，即使不是正宗龍吟，但仍然能讓有著祕銀保護的眾人感到氣血翻騰，若是眞正夾雜著龍威的龍吟，那到底會有多厲害!?難怪龍族被譽爲大陸上個體戰力最強大的種族，要不是牠們數量過於稀少，只怕現在主宰大陸的種族不會是人類了。

此時吼叫聲再次出現，這次眾人有了準備，埃德加及時使出聖光將眾人護住。只見聖騎士長說道：「難道是佛洛德大人攻進來了嗎？」

夏思思眨了眨黑褐色的眸子，心想：那位北方賢者的威望比她想像中還大，看看人家明明背叛了國家，然而小埃卻依舊「大人、大人」地稱呼對方便可知了。

諾頓的臉色同樣很不好看，相較於埃德加對北方賢者的猜疑，龍王陛下所擔心的卻是截然不同的事情。「這頭黑龍應該是闇之神贈送給佛洛德的禮物沒錯，可現在牠卻闖進這裡，難道是佛洛德出了什麼事情嗎!?」

艾維斯抱起身旁的小公主，並小心翼翼地把孩子護在懷裡，道：「我想攻擊冰雪之國並不是佛洛德的命令，不然以賢者的謹慎，既然主動出擊，那攻勢必定不會如此簡單。那頭黑龍十居其九是自己過來找我們的，我們出去會一會牠吧！」

夏思思詢問諾頓，道：「你現在實力恢復了多少？」

諾頓苦笑道：「恢復了五成，但眞正能夠運用的不足三成。」

「能變回巨龍嗎？」

「需要一點時間。」

夏思思只能報以苦笑，可惜發揮藥效需要時間，不然身為龍族之王，諾頓若能夠恢復全部實力與黑龍對戰，必定能秒殺這頭連龍威也沒有的假龍！

想到兩頭巨龍對戰的場景，夏思思不禁心馳神往，可惜現在的諾頓是指望不了的了，暫時只得由他們自己想辦法。

於是勇者大人正氣凜然地說道：「克絲蒂娜妳請放心，這是我們的事，絕不會連累妳們的。這頭魔龍小埃與諾頓他們會搞定的，我也會留下來保護妳們的安危！」

正往外跑的凱文，聞言一個踉蹌，差點摔倒，他實在太小看勇者大人厚臉皮的程度了。

埃德加冷冷說道：「思思妳和我們出去！凱文、艾維斯與莉蒂亞殿下留下來。」以前不知道勇者的實力就罷了，現在埃德加早已知道夏思思擁有一身驚人的魔力，自然容不得她躲在一旁偷懶。

接收到騎士長的命令，凱文瞬間立正站好，行了個軍禮，道：「是！」

雖然埃德加認眞下令時的肅穆神情讓少女有點退縮，可是不討價還價一番的話，就不是夏思思了。「我想留下來保護莉蒂亞他們！而且光是『勇者』這個光環已經讓我很不爽了！我不要再添另一個『屠龍勇士』的稱號！」

埃德加完全沒有與少女爭辯的意思，理都不理轉身便往外跑，大有愛來不來隨妳的意味，看起來瀟灑得很；然而誰也無法預測，要是夏思思不跟上去，埃德加到底會如何暴走……

看著埃德加乾脆俐落離開的帥氣背影，夏思思跺了跺腳以後還是追了上去。

□

思思等人離開冰雪之國、到達古蹟外圍時，果見在外頭大肆破壞的正是曾有過一面之緣、由領主亞伯特化成的黑色魔龍！

古蹟外圍那些本已殘破不堪的建築物大部分已被魔龍破壞殆盡，可魔龍卻彷彿仍覺得不夠，依舊在飛濺著冰屑與碎石的廢墟中大肆破壞。

魔龍並沒有使用魔法，只單純以蠻力便弄出了如此壯觀的飛沙走石場面。親眼看到這猶如哥斯拉破壞城市般的場景，夏思思震撼之餘，卻又生出一絲喜感。

少女甚至在想，要是這裡有能把體型巨大化的魔法的話，那用來對戰魔龍，就完全是異世界版本的「鹹蛋超人打怪獸」了。

看著眼前因爲一頭龍引發的地動山搖，夏思思終於明白什麼叫作「跺了跺腳便

引來十級大地震」了。瞧！眼前不正是最佳寫照嗎？

不知是否魔龍殘暴的動作激發出小妖的凶性，小妖率先化身成黑豹的戰鬥型態，金色的眸子並沒有因雙方體積的差異而顯現絲毫退縮，反而充滿著戰意般躍躍欲試！

黑豹型態的小妖速度很快，只見牠於半空掠出一道殘影後，便已來到魔龍面前，速度快得讓人看不出軌跡！

見小妖動作如此凶猛迅速，絲毫沒有受到藥劑的影響，夏思思這才完全放下心來。雖然如果小妖變成了尋常的寵物貓，夏思思仍會一如以往地照顧牠，因爲少女對小妖是眞的喜歡。可是她知道這頭小妖獸很傲氣，要是被人當寵物般養著，只怕會非常難受。

此時小妖已與魔龍交手，雙方皆身負暗黑力量，因此小妖那無往不利的魔炎對巨龍的傷害變得微乎其微，再加上魔龍皮粗肉厚，爪牙招呼在牠身上就如同替牠搔癢似地，竟連一條小小的血痕也沒有留下來。

還好小妖的動作比魔龍敏捷得多，於是在我傷不到你、你又抓不到我的狀態

下，這兩頭魔物便槓上了。

看著嬌小的小妖拚命圍繞龐大魔龍亂轉的情景，夏思思不禁聯想到蒼蠅繞著糞便轉的畫面……咳！

加入戰鬥的奈伊與小妖有著相同的鬱悶，只因青年以闇元素凝聚出來的黑刃同樣無法對魔龍造成傷害，只得在旁努力吸引魔龍的注意力，以圖為同伴分擔一些火力。

相較於小妖與奈伊的徒勞無功，聖騎士的聖光對魔龍造成的傷害倒是大多了。由於屬性相剋，加持了聖光的長劍至少能在魔龍身上捅出幾個血洞。雖然這種小傷口對於巨大的魔龍來說也只是被針刺了一下的程度，而且在魔族強悍的復元能力下瞬間便癒合起來，但至少也算是破開了對方的防禦。

騎士擅長馬上作戰以及團隊衝鋒，可是在進入精靈森林時，埃德加等人並沒有讓天鈴鳥把愛駒帶進去。不過，在面對魔龍時，他們有沒有坐騎其實也沒有太大的分別——難道有了坐騎以後，他們便能像往常般向敵人進行衝鋒碾壓嗎？到時候是誰壓誰還不知道呢！

戰鬥開始不久後，騎士們便成爲魔龍主力「照顧」的對象。畢竟聖光雖然無法重創牠，但牠還是會痛啊！對上魔龍，聖騎士的攻擊意外拉滿仇恨值。

很快地，魔龍看準機會，粗大的尾巴便朝走避不及的艾莉身上抽去！

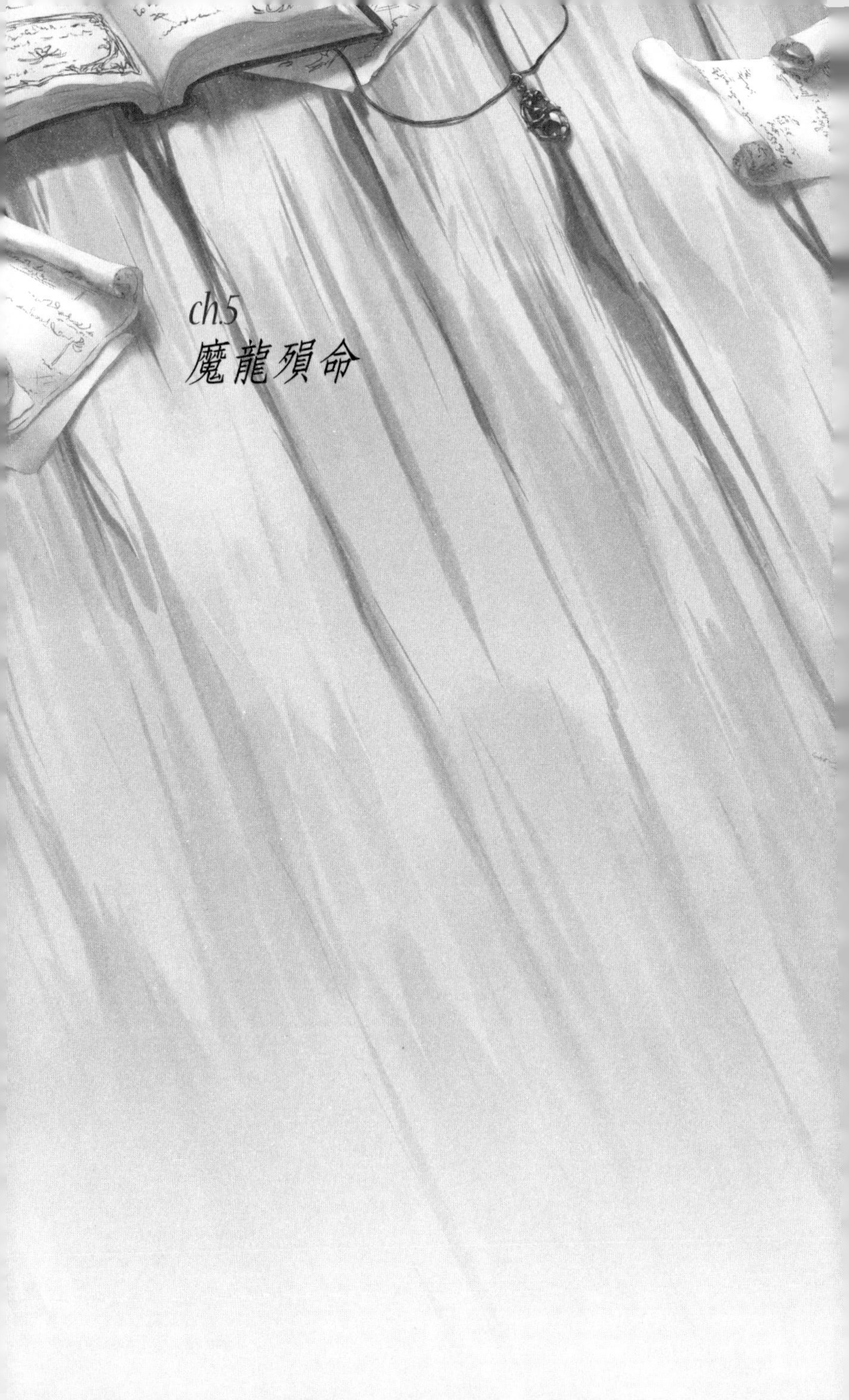

ch.5
魔龍殞命

平常時候，艾莉有信心在祕銀的保護下硬抗魔龍的一擊。可是現在祕銀正分散覆蓋在眾人身上抵抗寒氣，她根本無法全力調動保護自己。

看到部下有危險，埃德加立即在艾莉與巨龍間凝聚出一個巨大的聖光盾，希望能阻擋魔龍致命的一擊。

身為統領一個騎士團的隊長，埃德加強大的實力與天賦無庸置疑。可惜時間實在太倉促，這個聖光盾根本發揮不出應有的作用，對上魔龍的蠻力，只支撐了三秒便破碎成點點金光。

夏思思看準時機甩手射出幾道水箭，她不是不想使出更大殺傷力的魔法，只是沒有水靈幫忙控制魔力，魔法資歷只有一年的夏思思，實在不確定自己的魔力會不會失控。

水箭勁度十足，雖然仍無法破開魔龍鱗的防禦，但還是成功把龍尾擊得盪了開去，再加上艾莉適時翻身往旁閃避，最終龍尾有驚無險地落在艾莉兩個身位以外的石板上，打出一個大大的坑洞。

眾人看著被魔龍打出來的坑洞均倒抽了一口氣，堅硬的地板除了被蠻力打出個大洞外，還沾附了一層充滿侵蝕性的闇元素。如果剛才艾莉眞的被龍尾打個正著，即使有祕銀保護，也必定被砸成肉醬！

然而剛剛差點兒沒命的艾莉竟還笑得出來，她道：「隊長、思思，謝啦！」

作戰中，埃德加並沒有分神回應，護在諾頓身前的夏思思倒是微笑朝艾莉點了點頭，卻絲毫沒有想接近戰場的意思。對於勇者大人這種明哲保身的行爲，眾人並沒有任何不滿。畢竟少女除去一身魔力外，只是個不懂武藝的普通人，無論是體力還是反射神經都並不出色，跑在前線說不定還會拖累大家。

實際上夏思思雖然頂著勇者的頭銜，但她根本只是個魔法師；而騎士平常當魔法師與祭司的肉盾當慣了，對於少女總是遠離戰線的做法並沒有太大的抱怨。

也許是被奈伊等人糾纏得不耐煩，魔龍發出一聲震耳欲聾的吼叫後甩開眾人，拍動著翅膀遠離地面的戰團。

魔龍的飛騰引起強烈的風壓，還好在牠把翅膀張開之際埃德加等人早已瞧出了端倪，或把長劍插於地面，或抓住附近的建築物，皆用各自的方法及時穩住了身體。

魔龍欺負埃德加等人不會飛，在半空頻頻朝地面噴出黑色火焰。這魔焰不只沒有一絲溫度，甚至還非常陰冷，並且蘊含著侵蝕萬物的毒性。

聖騎士立即築起聖光盾，聖光正是魔焰的剋星，眼看魔焰破不開聖光的防禦，魔龍便改爲擊碎遺跡裡殘破的石柱。

從天而降的巨石瓦礫讓眾人煩不勝煩，除了能夠飛上上空躲避的小妖情況比較好外，其他人都免不了被魔龍利用暴力手段壓著打的窘況。

在魔龍的暴力攻擊下眾人均處下風，夏思思果斷使出個大型水盾把眾人牢牢護住。只見少女使出水盾後便龜縮在內，任由魔龍在外面如何折騰也全沒有反擊之意。魔龍的攻擊雖然凌厲卻很耗體力，對上夏思思這個魔力多得用不完的怪胎是絕對討不了便宜。

與被迫留守在魔法盾內的埃德加等人一樣，此刻魔龍的心情同樣鬱悶得很，牠還是初次遇上這種雷打不動、躲在魔法盾裡的戰術。

尋常魔法師是絕不會使用如此消極的方式戰鬥的，畢竟正面承受一頭龍的攻擊並不是件輕鬆的事。何況魔力總有用完的一天，消極的防守最終只會自取滅亡。偏偏夏思思就是魔力多得嚇人，如果說擁有魔力的魔法師是個百萬富翁，那夏思思所擁有的就是百萬個百萬富翁也及不上的財富！

從來沒有敵人不拚盡全力與牠對戰，眾人的做法徹底激怒了魔龍！夏思思的做法讓牠覺得自己被敵人輕視了，盛怒下更是全力攻擊少女的防禦，滿心只想把這些輕視牠的螻蟻從魔法盾中拖出來凌虐至死！

可惜牠遇上的人是夏思思，雖然少女在魔法掌控上有所顧慮，因而不敢隨意使出擁有大殺傷力的魔法，可是水盾這種單純用來防禦的魔法很簡單，即使是學習魔法不久的夏思思也能駕輕就熟，以她的魔力，與巨龍耗上十天八天也絕對沒問題！

當然夏思思並不是眞的打算就這樣單方面繼續捱打，雖說她的魔力可以支撐很久，吃的喝的也可以從空間戒指裡提取，但他們還是要上廁所的……總不能在這裡就地解決吧？

少女此舉只是爲諾頓拖延時間。「屠龍」這種充滿浪漫與激情的活動，實在完全不符合夏思思這個懶蟲的胃口，從一開始她就沒打算全力對付魔龍。對夏思思來說，把魔龍留給龍王陛下解決才是最省事省力的做法。反正佛洛德的封身魔法之所

以失敗也是因為魔龍的打擾，既然如此，就讓他們新仇舊恨一次解決好了。

魔龍的攻擊益發凌厲，勇者大人的防禦卻依舊不動如山。時間就在雙方單方面的攻擊與防守中逐漸流逝……

就在眾人開始坐在地上閒聊、耐力持久的魔龍也因為過於單一的攻擊動作而昏昏欲睡之際，四周元素突如其來暴動了，眾人全都驚得繃緊神經警戒。在水盾外耀武揚威的魔龍更是如驚弓之鳥般，猛地拍動翅膀便拔高了十多公尺，從上空遠遠留意著勇者一行人的動態。

此刻，四周元素濃郁得凝聚成不同顏色的光點，全數往閉目坐在地上的諾頓身上飄去。青年的身體彷彿成了個無窮無盡的黑洞般，貪婪地吸收著這些肉眼可見的元素。

從這些元素的顏色可以看出當中包含著火與水、光與闇等對立的元素，常人同時吸收兩種對立的元素後，所得的下場往往是爆體而亡，可諾頓的魔力卻隨著元素的吸納節節上升，很快地，龍王陛下刻意壓抑的龍威也隨著恢復實力而再次顯露出來。感受到諾頓一身龍族的氣息，盤旋於半空的魔龍低吼一聲，再次咆哮著向水盾

猛烈攻擊！

相較於先前無法動搖水盾半分的攻擊，這次魔龍的進攻簡直有「拚了這條命」的感覺。只見牠不留餘力地把自己龐大的身軀全力往水盾撞去，將水盾撞擊出道道波紋的同時，魔龍的關節也溢出絲絲暗紫色鮮血，即使如此，牠仍是不要命地往水盾撞去。

在對方拚命的攻勢下，夏思思神情已不復先前輕鬆，不敢有絲毫鬆懈地全神貫注在維持水盾的防禦。

見少女額角浮現點點汗珠，眾人不禁又是心疼又是爲她緊張。這還是夏思思第一次在作戰時表現出如此狼狽的樣子，衝著這點，化成魔龍的亞伯特領主也足以自豪了。

聖騎士也不是不想幫忙，可是現在各魔法元素因諾頓而變得濃郁紊亂，在夏思思與魔龍全力攻防下，突然有其他魔法介入是非常危險的事，隨時會刺激到元素暴動引起大爆炸！

奈伊本想用衣袖替少女抹下額上的汗水，可是又怕打擾到她，只急得在夏思思

身邊團團轉。被奈伊的動作搞得心煩意亂的埃德加皺了皺眉，低叱：「奈伊你別再轉了！這還遠遠不是思思的極限，你又不是不知道。」

奈伊委屈地停下繞圈子的腳步，道：「我知道思思沒事，但我就是擔心。」

埃德加嘆了口氣，道：「思思並不是溫室的花朵，還記得你初次來到城堡那天，思思阻止發狂黑馬那時我們的對話嗎？」

奈伊聞言愣了愣，不禁想起當時他才剛與埃德加認識，那時候的聖騎士長遠比現在冰冷，散發著生人勿近的氣勢，彷彿隔絕一切的氣息讓男子一雙蔚藍的眸子如同寒冰般沒有溫度，看著自己的眼神更是充滿著審視與批判。那時候的埃德加應該完全沒有承認自己這個高階魔族爲同伴吧？也許騎士長還認爲自己接近夏思思是一場別有用心的陰謀，因此埃德加總是小心翼翼地待在少女身旁，深怕她受到任何傷害。

奈伊還記得當他阻止埃德加幫助夏思思時，埃德加的視線充滿著探究與警戒，令人打從心底感到一股寒意。

可現在，奈伊卻覺得埃德加的蔚藍眸子猶如藍天般，讓他覺得溫暖又可靠。

明明是同一個人，但相處過後給奈伊的感覺卻截然不同。到底改變的人是他，還是埃德加？

那時候他曾對埃德加說：「你就多相信思思一點吧！她是很強的。」

想起當時自己一番正氣凜然的話，奈伊的臉頰不由得紅了起來，吶吶地說道：「對不起……我、我相信思思！思思一定沒問題的！」說到後來，魔族青年的眼神再度變得堅定不移，猶如黑曜石般，閃閃生輝。

埃德加微微一笑，銳利的眼神透露出絲絲笑意。那突如其來的柔和神情看得眾人心裡不禁漏跳了一拍，艾莉更是按住心臟位置口不擇言地道：「天啊！隊長你還是保持冷冰冰的樣子就好。剛剛的神情太誘人，凱文看得眼都直了，害我差點兒懷疑他的性向了呢。」

凱文立即喊冤道：「爲什麼妳總要把我拖下水!?」

奈伊忍不住插話道：「我也覺得剛才埃德加笑起來的樣子很美，我很喜歡，不過我還是最喜歡思思。」

奈伊的發言一向威力強大，他的話一出，所有人皆露出很微妙的神情……

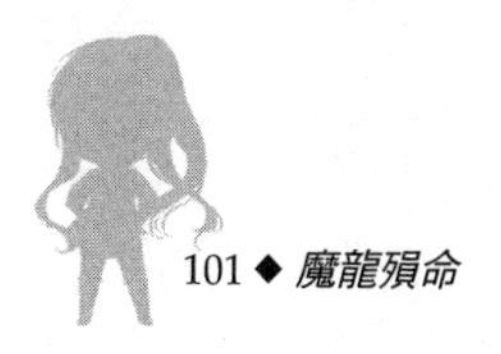

埃德加的表情最爲糾結，人家如此眞心實意地讚賞他，他應該高興才對，但奈伊的形容實在太詭異了點，再加上青年發言的時機正好承接著艾莉對凱文「性向」的質疑，結果這句讚美實在讓他不自在得很。

凱文暗地鬆了口氣，幸好奈伊成功轉移了埃德加的注意力，不然自己眞的是躺著也中槍啊！

想到這，凱文狠狠朝艾莉瞪了一眼，卻迎來女子挑釁的視線。

恢復眞實的外表以後，艾莉舉手投足間多了些以前所沒有的嫵媚。那挑釁的一眼竟別具風情，看得仍未適應同伴新面貌的凱文臉上一紅，沒有像以往那般與艾莉鬧起來。

在眾人對話的同時，魔龍仍舊不要命地撞擊著魔法盾，一滴滴的暗紫血液從上空滴落，劃過魔法盾後滴墜地面侵蝕出一個個小小的坑洞。

此時，一聲響亮的龍吟從眾人身後傳來。聲量不如魔龍的吼叫般震耳欲聾，可卻充滿著魔龍所沒有的莊嚴氣勢，給人一種聲音直達靈魂的感覺！

隨著突如其來的強風，光線驟然變得陰暗。一頭金黃色的巨龍遨翔於天空，其龐大的身軀遮掩了空中的陽光。

相較於剛喝下藥劑時所爆發出來的強大氣勢，完全恢復實力後的諾頓已能把氣勢收放自如，一身威壓只針對魔龍，完全沒有令同伴感到絲毫難受。

黃金龍的體型比魔龍略小，流線型的身體上滿布燦爛的金色鱗片，雖然龍之谷的眾多巨龍全都給人優雅又強悍的感覺，可卻沒有任何一頭及得上黃金龍的華麗與強大！

無論是誰，看到諾頓的本貌後，第一時間所浮現的念頭皆是——黃金龍不愧是萬龍之王！

看到諾頓投入戰場，夏思思果斷地撤去了水盾的防護。在魔法盾消失的瞬間，諾頓義無反顧地撲向體型比牠略大的魔龍，把眾人穩穩護在身後。隨即兩頭龐然大物展開了激烈的對戰。雖然對戰的只有兩頭巨龍，但壯觀的程度不亞於當時在西方要塞所見的戰爭場面！

圍繞在魔龍身旁的黑霧試圖侵襲諾頓的身體，而光屬性的黃金龍也釋放出聖光

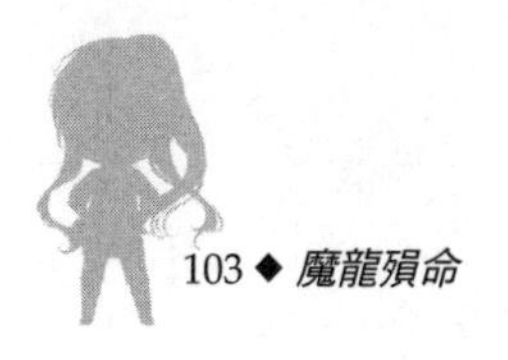

來抵禦黑霧侵襲。一黑一金的兩道身影在空中急速滑翔，偶爾互相撞擊撕咬後，便見暗紫色的魔血與紅中帶金的龍血灑落地面。龍血倒沒什麼，不過暗紫色的魔血可是會致命的。於是夏思思再度展開水盾，隔去從上灑落的血雨。

夏思思注視著天空的狀況，一支蘊含強大魔力的水箭凝聚在半空隱而不發。之所以一直不出手，並不是執著於一對一單挑的無謂自尊，基本上少女一直信奉著「該偷襲時盡量偷襲」的原則，對敵人仁慈便是對自己殘忍，也只有腦殼被敲壞的人才會和敵人說仁義道德。

夏思思不出手，是因爲兩頭巨龍的速度太快了！別看牠們個頭大，看起來好像很好瞄準，其實兩頭巨龍滑翔速度很快，還時不時糾纏在一起撕咬一番。沒了水靈幫忙調整角度，夏思思還眞不敢輕率射出箭矢，只得在旁伺機而動。

只要覓得空隙，夏思思不介意當個卑鄙的偷襲者來暗箭傷龍。說她卑鄙？別忘了少女可是把西方軍帶壞的罪魁禍首，若是在乎這些虛名就不是夏思思了！

與夏思思同樣心思的還有艾莉，雖然女子把大部分祕銀的力量都花費在驅逐寒氣上，但凝聚出一副弓箭的餘力還是有的。

結果兩人同時逮到機會，「颼颼」兩聲，兩支分別由水元素與祕銀所凝聚出來的箭矢一前一後往魔龍射去。

魔龍警覺非凡，即使與諾頓對戰，仍分出一分心神注意著勇者一行人的動向，及時察覺到了兩女的偷襲。只見牠拍動翅膀險險避開迎面而來的水箭，以致夏思思的攻擊無功而回。反而從小苦練箭術的艾莉經驗比較豐富，雖然她的銀箭晚了一步射出，卻準確捕捉到魔龍閃避水箭時會移動的方向，直直射中魔龍的腰部！

祕銀不愧是佛洛德在國家的支持下花費無數人力、物力研究出來的強大武器，輕而易舉便破開如鋼鐵般堅硬的龍鱗，狠狠插進魔龍腰側。祕銀最可怕之處，在於它能夠在艾莉的意念下轉換形態，在女騎士的操控下，插入魔龍腰間的箭頭瞬間伸長，試圖刺穿在皮肉保護下的內臟！

巨龍雖然強大無比，可是卻有著很明顯的缺點，就是雙手沒有人類來得靈活。至少以巨龍的身體構造，絕對無法拔出插在自己腰側的箭矢！

感受到銀箭在艾莉的動念下愈陷愈深，生死存亡之際，魔龍再也顧不上與諾頓

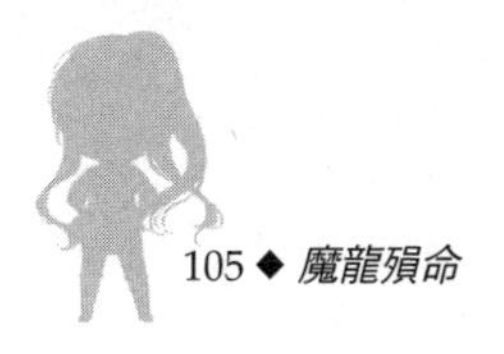

戰鬥了，只見牠龐大的身體瞬間化成一名中年男子，本來插在男子腰間的銀箭也因爲對方突然恢復成人類的形態而脫離了身體。

腰間箭洞流出紫黑色的鮮血，從半空中落下的男子正是克勞德城的領主，亞伯特！

亞伯特狼狽地按住身上的傷口，被祕銀深入體內進行破壞的傷口雖然看起來面積不大，可即使魔族有強悍的自癒能力，還是止不住不停從傷口冒出來的鮮血，仔細一看，還能看到翻出的血肉上有著點點閃爍銀光。即使亞伯特已把銀箭拔出，但殘留在男子體內的祕銀碎屑仍舊發揮著作用，正是它讓傷口無法癒合！

雖然祕銀展現過不少神奇之處，可是這還是夏思思第一次在戰鬥中目擊到它所發揮的作用。在少女的心目中，這銀色的物質只是能變幻出不同形態的特殊武器而已，想不到竟還有如此陰險的能力。

夏思思的目光變得熾熱了起來，少女最喜歡坑人了，自然不會覺得艾莉的做法勝之不武，相反地，這種省力的陰險招數最得她的歡心。此刻她已在幻想，利用藥劑解除伊妮卡身上的魔法後，有沒有辦法要求佛洛德再提煉一點祕銀給她玩玩。

見到夏思思羨慕的神情，以及毫不掩飾的貪婪小心思，艾莉笑著提醒：「別忘了祕銀不是誰都能操作的；而且身爲祕銀的適合者，我從小便持續努力增進與祕銀的同步，苦練如何使用祕銀來戰鬥，還要熟練多種武器……」

「那算了。」夏思思一秒放棄。

亞伯特的傷口不停遭到銀砂攻擊，發出猶如垂死野獸般的哀號，充滿仇恨的眸子死死瞪住勇者一行人。在必敗的狀況下，他竟毫無退縮之意，掙扎著想要繼續發動攻勢。

見狀，艾莉驚訝地低呼：「他不要命了嗎!?」

看到亞伯特明明連站都站不穩，可是卻全然不顧自己性命的舉動，眾人都覺得心頭被某種複雜的情緒堵得悶悶的，認識亞伯特的埃德加尤其難過。身爲經常與魔族打交道的聖騎士，埃德加不是沒遇過墮魔的人類，可是那些人類即使性情大變，也總會殘留一些以前的特質。他不知道到底發生了什麼事，會讓那名曾受人民愛戴、爽朗率直的男子產生如此大的變化。

「亞伯特，你到底怎麼了?」看著歪斜前進、雙眼透露血紅殺意的故人，埃德

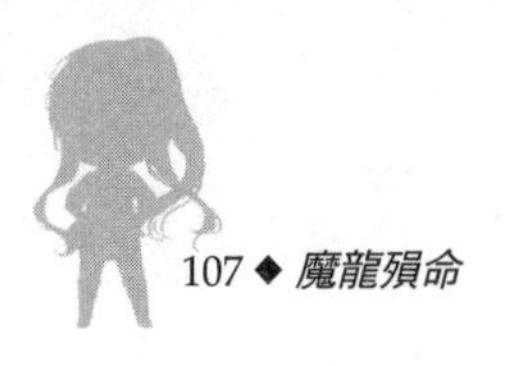

加不禁出言詢問，試圖喚醒亞伯特的理智。

聽到埃德加的聲音，亞伯特前進的步伐倏地停頓，隨即男子非常艱難地緩緩吐出了幾個字：「埃……德……加……？」

凝望著埃德加，亞伯特眼中的瘋狂逐漸褪去，恢復成青年熟知的清澈睿智。雖然只是眼神上的變化，但已讓亞伯特看起來像變了一個人似地。

呼喚對方的名字只是隨心之舉，埃德加本就沒想過能產生任何效果。想不到竟能獲得對方的回應，這讓面對敵人時素來冷酷穩沉的埃德加也不禁激動起來，甚至還放鬆了應有的戒心，上前了兩步道：「亞伯特，你還記得我是誰嗎!?」

亞伯特沒有說話，他眼神不停變幻著，時而混亂、時而瘋狂、時而堅韌清澈，就好像身軀裡同時有著數個不同的靈魂，彼此爭奪著身體的控制權一樣。

最終亞伯特似乎徹底清醒了過來，只見男子堅定地凝望著埃德加，雖然祕銀的入侵讓他痛苦得滿額都是冷汗，可是亞伯特卻仍站得如杆子般挺直，彷彿有種無形的力量支撐著他的一身傲骨。他道：「埃德加！在、在……」

短短的一句話，男子說得又快又急，聽起來就像在與時間競賽似地，這句像是提醒、又像警告的話倏然而止，只見亞伯特嘴巴仍舊開闔著，偏偏卻再也無法說出任何字詞。男子眼中露出極度痛楚的神色，暗紫色快速充塡了他瞳孔四周應有的白，隨即兩行紫黑血淚滑過男子的臉，看起來恐怖又淒厲。

「艾莉！」埃德加厲聲喝止女子的攻擊。

艾莉委屈地說道：「隊長，不關我的事啊！從他和你說話那時，我便停止了祕銀的侵襲，是別的東西在他的體內攻擊他！」

此時亞伯特喉嚨發出了怪異的抽氣聲，只聽男子用著彷彿被人掐住咽喉的聲音，一臉痛苦地接著說道：「在妖魔之地裡面……」

「妖魔之地」彷彿是個禁忌詞語，當亞伯特一提及這個地名，身上便「轟」地一聲猛然冒出了足有十呎高的烈火！

異變突生，亞伯特全無預兆的自燃立即讓埃德加身陷險境，情況發生得太突然了，騎士長根本來不及張開聖光護盾，眼看下一秒便要受到火焰的波及……

此時，一支箭矢從遠處射來，正好插落於亞伯特與埃德加之間。隨即箭頭位置竟有一棵小苗迅速於火焰中生根發芽，藤狀的枝葉化成一張大網，把亞伯特的屍體

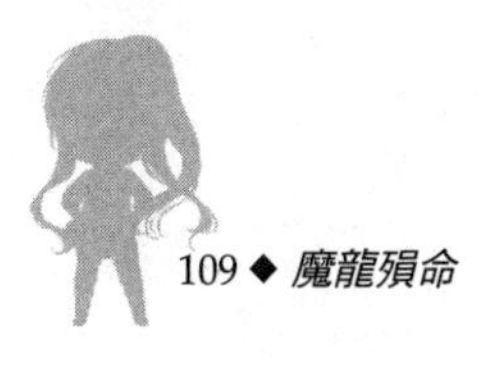

包裹其中，同時也把埃德加與火焰隔了開來。

眾人順著箭矢的軌跡回首張望卻看不見任何人影，最後還是艾莉利用包裹在身上的祕銀增強了各人的視力，才能勉強看見遠處站在神殿二樓的克里斯正緩緩垂下握弓的手。

在這場戰爭中，夏思思利用水元素凝聚的箭矢，成功把魔龍抽向艾莉的尾巴撞擊開去。

艾莉也曾射出祕銀幻化而成的銀箭，逼得亞伯特從魔龍變回了人形。

但無論是夏思思還是艾莉的攻擊，都遠遠及不上克里斯那一箭的風采！青年的箭沒有折射出璀璨的銀光，也沒有聚集出令人心悸的魔法元素，看起來平實無華的一箭卻有其獨特魅力，在那麼遙遠的距離，也只有精靈族才能展現出驚艷的箭術。無論是時機、速度，以及準確度都令人拍案叫絕，讓眾人不得不讚歎精靈族不愧為天生的弓箭手！

在鬼門關前繞了一圈，脫險以後埃德加卻高興不起來。地上被藤蔓包裹著的屍體，以及殘留在空氣中那帶有微微肉香的焦炭氣味，正無聲地見證著剛剛發生的慘劇。

克里斯解開了凝聚在箭矢上的自然之力，藤蔓迅速遁入泥土裡；然而藤蔓消失後，所裸露出來的卻不是燒焦的屍體，而是一片閃爍著光亮的黑砂，在輕風下隨風而散……

一如所有高階魔族，死後回歸黑暗之中，連形體也不會留下。

埃德加沒有說話，此刻騎士長的神色陰沉得可怕。

夏思思沉默地走至與埃德加並肩的位置，隨即向先前灰燼所在之處行了個似是而非的軍禮。

隨著少女的動作，艾莉、奈伊、凱文、變回人形的諾頓……最後是埃德加，皆向亞伯特喪命的地點行了或正式、或有點歪斜的軍禮，爲這位至死仍拚命向眾人傳遞著重要情報的男人送上至高的敬意。

也許他墮落成魔物，也許在他失去心智時殘害了眾多生靈，可衝著他死前那不屈的意志，卻贏得了眾人的尊敬！

放下行禮的手，埃德加的眼神銳利如劍、冰冷如冰地道：「妖魔之地嗎……亞

伯特，你放心吧！我不會讓你白死的！無論是你變成魔族的事，還是你的死亡，我必定會查個水落石出！」

ch.6 噩耗

雖然成功消滅了來襲的敵人，可是回到神殿的眾人卻沒有絲毫喜悅與雀躍。埃德加的神情尤其冷冽，這名被同僚戲稱爲「冰山隊長」的青年，此刻神色冰冷如凜冬，任誰都能感受到那隱藏在寒冷下的熊熊怒火。

即使是與亞伯特沒有交情的夏思思等人也感到很不爽，總覺得他們從頭到尾根本被人耍著玩；而那個操控並殺死亞伯特、隱藏在背後的敵人，至今卻仍沒露面。

良久，冷著一張臉的埃德加率先打破沉默，道：「思思，我會聯絡總部派出另一支小隊保護妳。待其他騎士團接手後，我要往妖魔之地走一趟。」

夏思思聽到這句話後，第一個想法便是在這種盛怒的狀況下，埃德加竟然還井井有條地安排該如何把工作好好交接，這個人還眞的非常認眞盡責啊……

埃德加表態後，艾莉立即附和道：「隊長我和你一起走，我很擔心瑪麗亞的安危。」

夏思思抿了抿嘴道：「你們不用找別的人接手，離雙月之日還有一些時間，我們一起去吧！」

埃德加皺起眉，露出一臉不贊同的神色，道：「思思……」

少女擺擺手阻止了對方要說的話，道：「放心，我不會耽誤正事的。」隨即少女小聲地喃喃自語：「而且……說不定這次前往妖魔之地才是正事呢……」

少女說話的音量很小很小，誰也沒有聽到她在嘀咕什麼，不過心事重重的眾人也沒有多注意，只見埃德加思索良久，這才有點勉強地頷首答允下來。

以佛洛德那種總是謹愼躲在後方的做法，即使他們有藥劑在手，於雙月之日也必定要大戰一場，至少要擊敗敵方的戰力順利來到佛洛德身前才能進行談判。他們不是沒想過放出擁有生命藥劑的消息，可要是這消息一出現，闇之神也許便會立即向無法掌控的佛洛德出手了。

至於私下聯絡佛洛德就更是想也不用想。誰知道手握空間魔法的賢者大人與他的黑翼戀人現在躲到哪裡去了？

理智上，埃德加認爲夏思思應該在大戰前回到王城好好養精蓄銳，然而情感上他卻又不希望少女被其他的騎士團保護……想到這裡，青年才醒覺到，不知不覺中，他對夏思思投放了太多感情，這實在不是個好現象。

埃德加想要硬起心腸拒絕少女的要求，卻又想到對方那看起來似乎很好說話，

其實卻意外固執的個性，即使他拒絕了，夏思思也會偷偷跟著過去吧？爲免帶出更多麻煩，最後騎士長屈服了。

搞定埃德加後，夏思思左右看了看克里斯與站立在精靈肩膀上的天鈴鳥，最終把焦點定在小小的鳥兒身上。

克里斯太難搞定了，因此少女決定向天鈴鳥直接下手！

只見夏思思瞬間換上一副傷心欲絕的神情，哀傷的程度簡直讓人以爲死去的亞伯特並不止是個只有一面之緣的陌生人，而是她老爸了！

「莎莉絲亞。」夏思思呼喚著從精靈王那裡打探得來的天鈴鳥名字，立即引來小鳥的注目。天鈴鳥那紅寶石般的眸子眨啊眨，實在可愛得很。

「你剛剛也看到事情的發生了吧？你說那個控制亞伯特的幕後凶手可不可惡？現在我們還有同伴身處亞伯特口中的妖魔之地，也不知道那裡有沒有危險，我眞的很擔心……」說到這裡，夏思思竟然還流了兩滴貨眞價實的眼淚，情眞意切的神情讓同伴們嘴角一抽，心裡皆讚歎著勇者大人就連演技也那麼強悍。

身爲聖階魔獸，天鈴鳥雖然聰明，可是心性卻如孩童般單純。看到夏思思的演出後立即同情心大作，更跳至少女肩膀上低鳴幾聲以示安慰。

天鈴鳥的舉動立即讓小妖醋意大發，有著貓咪天性的牠，在看到天鈴鳥時已生出了撲殺的衝動，現在更是恨不得把對方一身美麗的羽毛拔個清光，看牠變成禿鳥後還能怎樣勾引夏思思！

不過小妖獸很聰明，牠早就看出天鈴鳥有著能讓少女利用之處，為了不破壞夏思思的計畫，牠暫時只得先把帳記著，待將來有機會再秋後算帳。

摸了摸天鈴鳥柔順的羽毛，夏思思硬是壓下忍不住想要勾起的嘴角，嘆息著說道：「偏偏從這裡到妖魔之地得花不少時間，不知道我們趕到那裡後，同伴是否安好……」

聽到少女的話，天鈴鳥發出陣陣動聽無比的叫聲，一副毛遂自薦的模樣。

夏思思裝作一臉不解地歪了歪頭，長長的睫毛上掛著幾顆晶瑩的淚珠，看起來楚楚可憐，其實內裡憋笑憋得快要內傷了。

過了一會兒，少女這才「恍然大悟」地看出天鈴鳥的意思道：「你願意帶我們到妖魔之地嗎？」隨即破涕為笑，露出驚喜的表情。

小鳥連連點頭。

看到天鈴鳥親自應允了，夏思思這才轉而看向克里斯。

這位白色使者性格穩重淡漠，即使看見少女拐騙天鈴鳥也沒有阻止，仍是泰山崩於前而面不改色，他道：「我與你們同行。」

就連天鈴鳥的契約伙伴——精靈王，也從來沒有命令或左右天鈴鳥的決定，因此克里斯雖然知道夏思思在演戲，但若是沒有危及到小鳥安全的話，青年並不打算開口阻止。

於是當天鈴鳥決定幫忙後，克里斯不得不要求同行。因爲不同行的話，說不定精靈王的契約伙伴便一借不回頭，克里斯要隨行監視著天鈴鳥不會被勇者大人拐走啊！

白色使者的話讓少女滿意地點點頭：看我多厲害！不只拐騙到天鈴鳥，還買一送一咧！

夏思思沒有詢問奈伊的意見，因爲根本不用問，這個像牛皮糖般黏著她的魔族絕對是隨行的一員。於是少女把詢問的眼神投向莉蒂亞、艾維斯與諾頓。

艾維斯正要說話，莉蒂亞卻搶先說道：「雖然我很想和大家一起去，可是我也該回城堡了，可以讓艾維斯哥哥與諾頓哥哥送送我嗎？」

「可以。」艾維斯愣了愣，隨即答允下來。

夏思思訝異地看了看兩人，心想先前艾維斯不是不喜歡莉蒂亞，還叫自己要小心這個女孩嗎？想不到兩人現在相處得那麼好。

「殿下的安全便拜託你了。」埃德加很正式地託付艾維斯，並沒有反對把小公主交由對方照顧。

雖然艾維斯長得清秀，看起來很好欺負，但這個人絕對是披著羊皮的狼，埃德加從來不懷疑對方露出獠牙時的凶狠程度。最重要的是，艾維斯不光實力深不可測，而且壞心眼多，人又機伶，這種人無論身處何處都不會太吃虧，有他與莉蒂亞同行也足以讓埃德加放心了。

諾頓也應允了小公主的要求，並且表示將兩人平安送回王城後，會帶同莎莉公主回龍之谷，並允諾一定會履行先前的承諾，安頓好莎莉後，必定會趕來協助人類迎擊魔族！

在龍王的要求下，克絲蒂娜順從地解開了封印莎莉公主的寒冰。相較於諾頓，莎莉公主被魔氣侵蝕得更為嚴重，即使喝下藥劑後仍非常虛弱。根據克里斯的診斷，她至少要安靜休養兩、三個月才能恢復至全盛時期。

莎莉是個有點內向的女孩子。要不是眾人早已知道她的身分，看她柔柔弱弱向眾人道謝的模樣，誰也不會相信這女孩實際上是頭凶猛的巨龍！

見事情都辦好了，眾人心焦身處妖魔之地的瑪麗亞的安危，便立即向克絲蒂娜辭行。這彷彿不食人間煙火仙女般的女祭司見狀，也只是點了點頭，隨即便不再理會眾人、逕自回到祈禱室進行每日祝禱。

夏思思好奇地詢問：「雪女所崇拜的是什麼神祇？應該不會是眞神吧？」

諾頓解釋：「是凜冬之神。不過這神明早就不在了。傳說在『眾神時代』，凜冬之神與水神兩個宗教產生了派系之爭。凜冬之神的信徒認為寒冬能把水凝固成冰雪，因此凜冬之神的地位比水神為高；水神的信徒則認為有水才有冰雪，應該是水神的地位更高才對。雙方信徒寸步不讓，之後更演變成二神的對決。最後兩敗俱傷的神明同時殞落；水神神魂俱滅，祂消失時落下的一滴淚水化爲湖泊，就是現在的聖湖。實力略勝一籌的凜冬之神也落得神魂破碎的下場，破碎的神魂融入了冰雪中，便誕生出雪女這個種族。所以雪女的信仰其實更偏向於對祖先的祭祀與敬崇。」

「原來如此……」夏思思沒想到雪女的起源竟還涉及兩名神明的戰爭，而且還牽扯出聖湖的傳說。如果傳說屬實，那她的水靈也可說是水神的後裔了。

想起水靈，夏思思不禁拉了拉束成馬尾的長長髮絲，心裡默唸：藍兒啊藍兒，妳什麼時候能夠恢復過來？我好想念妳呢……

隨即少女便察覺到一眾聖騎士的神情變得怪怪的，想了想便醒悟了過來。雖然人類中也一直流傳著「眾神時代」的傳說，但對埃德加他們這些信仰眞神的教廷聖騎士，眞正的神祇就只有眞神一個，「眾神時代」絕對是離經叛道的說法。現在諾頓在他們面前毫不忌諱地說出來，也難怪聖騎士們的表情這麼難看了。

明明知道眞相卻又不好說什麼，就別提夏思思心裡有多憋屈了。還好埃德加等人與諾頓相處得不錯，雖然感到不快卻也沒有惡言反駁。如果這番言論出自他人之

口，也許已足以讓他們拔劍相向了。

諾頓化爲龍身充當坐騎，在莎莉公主走上龍背後，諾頓很大方地向猶豫不決的莉蒂亞與艾維斯表示直接騎在牠身上沒關係。

對於能夠騎乘巨龍，而且還是龍族之王的黃金龍，即使是小公主，也一改平時的斯文穩重，表現出符合五歲幼童應有的活潑與雀躍。就連艾維斯聞言後，秀氣的臉龐也瞬間亮了起來，這讓早就想找機會嘗一下騎龍滋味的夏思思羨慕萬分。

以夏思思的性格當然不會虧待自己，在獲得諾頓允諾往後找個機會變成巨龍讓她騎一次過過癮後，少女這才一臉滿意地放行，同時眾人也在天鈴鳥的幫忙下轉移至妖魔之地。

□

雖然並不是第一次來到這個傳說被詛咒的地區，但對於這裡無時無刻都顯得昏暗無比的天空，以及空氣中瀰漫著的死寂感覺，眾人依舊感到非常不快與壓抑。

「牠們又圍過來了。」隨著著奈伊的警告，一雙雙閃爍著紅色光芒的眸子從黑暗中逐漸顯露。這些同時身具神力與魔性的生物，一如以往般受到人類氣息吸引，小心翼翼地尾隨著眾人，既沒有攻擊，卻也沒有散去的意思。

擔憂著瑪麗亞的安危，勇者一行人馬不停蹄地趕往女子的住所。被這些生物不遠不近地尾隨著，不禁讓眾人感到更加煩躁，如果這些生物不是瑪麗亞珍貴的實驗成品，只怕他們已忍不住出手把這些詭異的小動物驅逐了。

夏思思察覺到那些很喜歡躲進黑影裡的生物這次並沒有躲藏起來，想了想後少女垂頭詢問：「是你封鎖了這裡的影子嗎？」

隨即少女便見她在地上的倒影浮現出一道水紋般的波動，她知道這是那神祕黑影的無聲回答——是。

夏思思忍不住有些驚訝。黑影竟然能夠封鎖大範圍的影子，似乎對方的力量比她所以為的還要大。

對在森林裡總無法分清楚東南西北的夏思思來說，埃德加等人的認路能力絕對是一等一地好。離上次進入妖魔之地已過了大半年的時間，但眾人還是能毫不猶豫

地在少女看起來一模一樣的大樹間穿梭往來，很快便到達瑪麗亞所居住小木屋。

夏思思在羨慕不已的同時，也只得安慰自己是個現代人，在森林裡找不到路絕對是很正常的事情！

看到小木屋的瞬間，艾莉雙眼一亮，立即上前敲了敲小屋的大門，喊道：「瑪麗亞，開門吧！我是艾莉。」

恢復成年人的模樣後，艾莉最希望的便是與親人一起分享她的喜悅，讓對方能夠不再爲她擔憂。而被艾莉劃分在「親人」行列中的人，她的爺爺恩伯特博士自然是榜上有名，另外那位叛變的賢者大人也是其中之一。至於最後一人，則是從小負責照顧她的瑪麗亞。

瑪麗亞在父母雙亡的艾莉心目中，可說是個亦師亦友、甚至還填補了「母親」這個空缺的重要存在！

艾莉敲門後等候了片刻，屋內卻全沒聲息。凱文疑惑地喃喃自語道：「難道她不在？」

就在青年疑惑著的同時，艾莉已經行動了。只見女子把祕銀化成一把銀色長

劍，很乾脆地把木門斬成了數塊碎片！

木塊切口完整，可看出長劍的鋒利，不過這些都不是重點……

夏思思反應最快，道：「艾莉，如果瑪麗亞小姐要求賠償的話，我會把帳單交給妳的。」

埃德加等人所擔心的倒不是賠償問題，眼前這間看似普通的小木屋可是鍊金術師瑪麗亞大人的居所啊！天曉得這道木門會不會是隱藏著致命攻擊的鍊金產物!?因此在艾莉斬開大門的時候，他們著實緊張了一把，還好最後並沒有任何事情發生。

率先進入屋裡的艾莉，看到屋內的狀況後立即再度把祕銀化為長劍，焦慮地大叫：「瑪麗亞！」

雖然還沒看到屋裡發生了什麼事，可是沒聽見瑪麗亞的回應，埃德加與凱文也立即拔出腰間長劍。克里斯身上雖然沒有武器，可是從魔力波動也可以感覺他正全神警戒著。反倒是夏思思與奈伊的反應不止慢了半拍，小妖更只是動了動耳朵，便繼續賴在少女的懷裡不肯動，一行人戰鬥意識的差距一目瞭然。

眾人踏進木屋後，立即便明白為何艾莉的語氣會忽然變得如此慌張了。

屋內依舊擺放著不少雜物，然而與上次所見不同的是，這些珍貴的鍊金產物已不再是被屋主像擺放雜物般隨意堆放，而是凌亂地散落在地上，甚至不少還受到了破壞，碎片散落一地。

好幾個在上次來這裡時看到過，卻不知道用途的大型裝置也遭到毀滅性破壞。夏思思猜測其中一個應該是木屋裡的防盜裝置，也許這正是艾莉破壞木門時沒有受到任何攻擊的原因。

繞過受到破壞的裝置，一道滿身鮮血倒臥在牆角的身影映入眾人眼簾。

瑪麗亞的喉嚨被人以利刃破開，流滿半身的血液將她的衣服染成大片鮮紅，地面上積聚了一灘面積不算小的血泊。女子的表情並沒有太大的痛苦，雙眼睜得大大的，素來精明亮麗的眸子此刻卻變得暗淡無光。

艾莉抱持著最後的希望，顫抖著小心翼翼地探視女子的生命跡象，可惜就連夏思思也能一眼看出瑪麗亞已經死去多時，艾莉的舉動根本毫無意義。勇者把視線移向一旁的奈伊，果見對死亡氣息特別敏銳的奈伊嘆息著微微搖了搖頭。

場面倏地寂靜下來，雖然眾人也曾猜想過瑪麗亞也許會有危險，但在天鈴鳥的幫忙下根本沒有耽誤多少時間，然而趕過來時，女子卻已成了一具沒有生命的屍體。

艾莉呆呆地看著瑪麗亞的屍體，數秒後眼淚無聲流了下來。

艾莉從沒想過瑪麗亞有天會死於非命，她一直以爲這種事情眞要發生的話，也只會出現在她這名與死亡爲伍的聖騎士身上。見艾莉如此傷心，眾人也替她感到難過。就只有小妖在發現屍體時雙眼露出興奮的光芒，可是看了兩眼後卻變得興致缺缺地縮回了少女的懷裡。

小妖的異樣讓本就有著其他心思的夏思思眼睛一亮，她問道：「奈伊，你看看瑪麗亞小姐身上有沒有奇怪的地方？」

高階魔族的力量雖然比妖獸強大，可是由於他們的力量來源已從吸取人類的負面情緒轉變成吸收更爲純粹的闇系元素，所以在察覺人類的情緒上，遠沒有低階妖獸來得敏銳。

這情況有點像地球上的人類雖然被譽爲萬物之靈，可是卻不如動物們能夠察覺到地震與海嘯等天災一樣。

聽到夏思思的詢問，奈伊全神貫注地感受著殘留在屍體上的氣息，隨即青年一臉古怪地盯著屍體看，道：「這……確實有點奇怪……」

艾莉的情緒逐漸平復下來，聽到奈伊的話，女子連忙追問：「怎麼了？是有凶手的線索嗎？」

「不……只是很奇怪，屋內感受不到人類殘留下來、對死亡的恐懼。」

聽到奈伊的話，艾莉本已止住的眼淚再度流了下來，只見女子蹲下身撫了撫瑪麗亞的髮絲，哽咽地說道：「你的意思是，瑪麗亞死前並沒有受到太大的痛苦，甚至她還沒來得及反應便被殺了嗎？」

奈伊頷首：「有可能是凶手出手很快，又或者對方是在瑪麗亞小姐沒有知覺，例如睡夢中的時候把她殺死。」

「看瑪麗亞小姐的死狀，顯然不是在睡夢中被殺，所以只能是前者了。」埃德加分析。

奈伊不確定地說道：「可是……即使只有一瞬間有了『自己將要死亡』的想法，總會殘留些許意念。凶手眞的能在瑪麗亞小姐無所察覺下破門而入，還把人殺

死嗎？」

夏思思問：「也有可能是瑪麗亞小姐並不畏懼死亡，那奈伊你自然無法感應到任何恐懼了。」

奈伊微笑道：「思思，無論是多豁達的人，在面對未知的事物時也會不由自主地心生畏懼，沒有人能夠全然無懼地面對死亡的。」

少女詢問：「那如果是那個人早就嘗試過『死亡』了呢？又或者他知道自己根本不會死？」

「可是瑪麗亞小姐的確死掉了啊？而且擁有重生能力的人，在世上就只有身爲火鳥的獸王陛下而已。」奈伊滿臉不解。

夏思思不再詢問，然而少女的神情卻明顯在尋思著什麼。此刻埃德加特別想念總是惹自己生氣的艾維斯，就只有那名聰敏的青年能夠猜測到夏思思的想法。雖然艾維斯大多喜歡吊人胃口，很少把事情如實相告，可是有他在，少女至少有一個跟得上她的思維、可以與她商量的同伴。

雖然感到有些無奈，但埃德加從來都不是個會被情緒掌控的人。只見青年依舊是一臉冷清嚴肅的表情，道：「我們再仔細搜尋一下，看看有沒有其他線索。『妖魔之地』是亞伯特死前的遺言，我想他必定不會隨便說說。」

ch.7
尋找線索

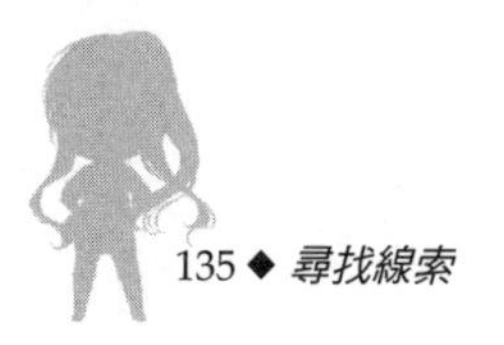

埃德加說得有理，眾人安頓好瑪麗亞的遺體後，便重新搜查了木屋，瑪麗亞的研究筆記更是各人調查的重點，可惜卻依舊一無所獲。

凱文沮喪地放下了手中的研究筆記，道：「這些只是每天觀察實驗品生態的筆記，對於搜查凶手的身分與事情眞相沒有太大的參考價值，難道凶手已把所有線索全都消除了嗎？」

夏思思隨即也放下手中的筆記，詢問：「你們覺得殺了瑪麗亞的人是誰？」

「不就是闇之神嗎？將亞伯特變成魔族的人是祂，因此也是祂驅使魔族攻擊瑪麗亞博士的吧？」凱文一臉奇怪地反問。

少女繼續引導眾人思考，道：「那原因呢？祂特意針對妖魔之地，總要有個理由吧？現在正是闇之神衝破封印的關鍵期，祂不全力儲蓄力量打破封印，卻去爲難瑪麗亞小姐，難道是吃飽飯沒事幹嗎？」

凱文愣了愣，隨即回答的人換成了艾莉，她道：「可是能讓活生生的人類墮落成魔族，並且加以控制的，就只有闇之神而已。也許瑪麗亞的研究中有一些闇之神想要的東西，亞伯特得知闇之神想要向瑪麗亞下手，所以即使冒著性命危險也想向我們提出警告。聽說瑪麗亞與亞伯特是老朋友了，兩人私底下關係不錯。」說到這裡，艾莉的臉上再度浮現悲傷的神情。

奈伊疑惑地看了看滿桌的筆記，道：「可是瑪麗亞小姐研究的是把人體內的魔毒與聖物分離的方法，這應該不是闇之神感興趣的東西。」

埃德加習慣性地皺起了眉，道：「那如果瑪麗亞大人的研究有了成果呢？雖然瑪麗亞大人在這裡的事情很隱蔽，可是天下沒有不透風的牆。闇之神爲了讓北方賢者繼續與人類對立，於是便向瑪麗亞大人下毒手，以圖中斷她的研究……」

夏思思一臉若有所思的神情，卻沒有再度發言。

由於從筆記上找不到有用的線索，於是眾人只得再度檢視木屋四周，卻仍一直沒有新的發現。

「可惡！」埃德加一拳打在牆壁上，他實在不甘心就此無功而返，要是他們就這樣一無所獲、狼狽地離開，豈不是讓冒著生命危險警告他們的亞伯特死得不明不白了嗎？

用木板搭成的牆壁在埃德加的拳頭下發出「卡嚓」一聲悲鳴後，便裂開了幾道裂縫，一直沉默不語的克里斯倏地神色一變，道：「我感覺到從牆壁裡透出一絲熟悉的自然之力！」

精靈的話讓眾人紛紛浮現出喜色。木屋倚山而建，從外表看來，這面牆壁後便是一座荒蕪的大山。

「難道牆壁後另有玄機？」

「對了！要是把連著牆壁的大山挖空的話，想要多少空間都可以啊！」

「我們真笨！怎麼從沒想過這個可能!?」

這個新發現讓眾人士氣大增，喜出望外地討論著，夏思思還不怕死地拍著埃德加的肩膀，誇讚道：「小埃！了不起！你這一拳真的打得太好了！暴力萬歲！」

少女的稱讚讓埃德加哭笑不得，也不知該回以什麼反應。

凱文朝木牆敲敲打打了好一會兒，試圖尋找入口不果，最後是艾莉看不下去，提出直接把這面牆拆掉的建議。

現場人中，就屬艾莉與瑪麗亞最熟，既然她不介意他們破壞瑪麗亞的家，眾人自然樂於省下一些工夫。

凱文粗暴地以劍破開牆壁，反正瑪麗亞死後，這位處於妖魔之地的房子也不會再有別人居住了，因此凱文放開手腳下了狠手，一點兒也不擔心牆壁拆下來後能否復原，只要不把房子弄塌就好。

聖騎士的長劍全都是用最好的材料打造的，再加上曾接受過祭司的祝禱，所以變得更為鋒利，木造的牆壁斬下去就好像切豆腐一樣。很快地，牆壁被切成十多片木塊，劈里啪啦地倒塌了。

瑪麗亞的房子雖然凌亂卻一點兒也不髒，即使一大片牆壁倒塌下來也沒有揚起太多灰塵。而在倒塌的木牆後，所展現的並不是眾人所以為的暗道或密室，而是一面金屬打造的牆壁！

牆壁裡藏著的，竟又是一道牆壁！

夏思思觀察著這道金屬牆，雖然少女對金屬原料並沒有太大的認知，可是看這面金屬外牆光潔亮麗，即使長期藏在木牆後也沒有生鏽剝落的樣子，感覺就像是超合金之類耐用又堅硬的金屬。

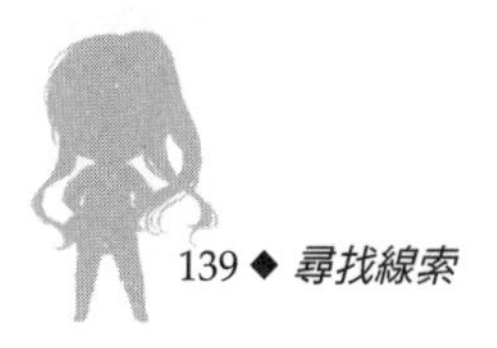

凱文拿起長劍往金屬牆壁試探性地劃了一下，隨即搖首說道：「這金屬太堅硬了，我的長劍斬不開。」

艾莉把祕銀化成長劍，道：「讓我試試。」

然而一向無往而不利的祕銀這次也失效了，也不知道這到底是什麼金屬，竟然連祕銀也無法將其破開！

「可惡！祕銀的堅硬度略勝一籌，可惜劍刃不夠鋒利。待我再試試……」說罷，女子閉上雙眼全神貫注地進行默想。隨著時間的流逝，夏思思發現銀劍劍刃看起來似乎變得更加鋒利了，可是這變化卻細微得幾乎看不出來。

夏思思小聲向身旁的奈伊求證，魔族青年解釋道：「她正在調整著劍刃的厚度與硬度。」

這種細微的調較非常耗費心神，艾莉只是略微調整了一會兒，本來精神奕奕的神色便變得萎靡不振，明明沒有活動卻流了一身汗，整個人看起來就像從水中撈上來似地。

自覺把銀劍強化得差不多了，艾莉舉劍一揮，成功在金屬牆壁上斬出一道長長斬痕。可惜這一擊已用盡了艾莉所有力量，只見她脫力後銀劍瞬間變回液態狀，濃縮成小小的一顆銀色彈珠，回到女騎士手裡。

眾人身後傳來「咦」地一聲低呼，隨即克里斯便越過眾人來到牆壁前仔細觀察那道裂痕，並伸手按了按光滑如鏡的牆壁好一會兒後，淡淡說道：「這是一道機關，牆壁是由無數金屬方塊合併而成。」

不理會眾人驚訝的表情，克里斯伸手指了指裂痕邊緣，道：「方塊的拼湊幾乎不留痕跡，要不是裂縫的邊緣有點奇怪，我也察覺不到牆壁另有玄機。」

好奇地圍在裂縫前察看，果然凝神觀望的話，便能發現裂縫的斷口有點奇怪。這讓眾人不禁感歎精靈族不愧為傳說中的神射手，竟然連如此細微的痕跡都無法逃過他的眼眸！

如果這面牆壁真的是由無數小方塊所組成的，也許他們能夠利用艾莉斬出來的裂縫作突破點，來破開這道機關也說不定！

「小妖，你放火燒這面牆看看。」夏思思抱著妖獸的手驟然放開，突如其來的離心力把窩在少女懷內的小妖驚醒，並及時張開翅膀止住墜勢，隨即生氣又委屈地

向少女「咪咪」地抗議。

不過小妖從出生後便被夏思思吃得死死的，這次自然也不例外，少女幾句話便安撫了小妖的不滿，並且讓牠乖乖聽話。在魔炎的映照下，泛著金屬特有銀光的牆壁變成了幽幽的暗紫色，竟有著一種淒美的感覺。

艾莉嘆了口氣，道：「沒用的，這面牆壁的結實程度堪比祕銀，小妖的魔炎再強，也不可能融化它啦！反而妳用聖水來試也許還比較有效。」

夏思思解釋道：「我不是想把它融掉，而是想看看憑魔炎的侵蝕力能不能擴展方塊與方塊之間的狹縫。現在水靈正在沉睡，聖水用多少便沒多少，能省則省呢！」

方塊之間的狹縫也許細微得連肉眼也察覺不到，但只要它眞的存在，那麼再小的狹縫也無法阻止火焰進入。很快地，便看到火光順著方塊之間的狹縫分成了百多條小小的路徑往外延伸開去，看起來就像一張由火焰編織而成的大網。

見魔炎成功侵入方塊之間，並從內部開始破壞，奈伊也明白了夏思思的策略，立即聚集暗黑之力幫忙加強火焰的力量。對於功勞被人瓜分，小妖不爽地瞇起眸子，可是牠也知道憑自己的實力無法對機關造成太大的破壞，因此只得忍下這口氣，默許奈伊插手。

有了奈伊的加入，魔焰變得更加幽暗之餘，火勢也猛烈了幾分，瞬間便把金屬六角形塊狀與塊狀之間的狹縫擴寬了幾分，看起來就像一道火焰巨網的繩子緩緩變粗了一樣。

「可以了。」聽到夏思思的發言，魔焰頓時熄滅，在牆壁上留下一道道焦黑的痕跡。

少女驅使水元素將牆壁沖刷一番，不得不說構成這牆壁的金屬實在非常堅硬，即使是小妖與奈伊聯手也無法破壞它，在清水的沖刷下，表面薄薄的一層焦黑迅速被沖走，恢復成先前的光潔明亮。

不過這不代表他們的攻擊沒有任何效果，魔焰成功讓狹縫顯露出來，方塊的各個尖角也被火焰侵蝕得平滑起來。現在在眾人面前的已不再是一整塊的金屬牆壁，看起來倒像一個銀色的巨型蜂巢表面。

「克里斯你的眼力比較好，可以幫忙看看哪些方塊的縫隙特別寬闊嗎？」

埃德加立即猜測到少女的意圖，他道：「思思妳是想藉此找出牆壁的開關？」這道金屬牆壁應該是瑪麗亞的傑作，如果牆壁的另一端真如眾人所猜想般另有乾坤，那麼這道機關應該能夠以一個簡單的方法打開才對。不然瑪麗亞出入的時候不就很麻煩了嗎？

夏思思要求小妖他們以魔焰侵襲方塊之間的縫隙，這看似徒勞無功的做法其實並不是爲了摧毀這道機關，只是想要清楚顯示這些狹縫而已。

假設這機關的設計是靠移動這些方塊來進出的話，那麼經常被移動的方塊總會比其他方塊更爲鬆動，狹縫也會比較寬闊。當然，彼此間的差距並不會太大，甚至可能微不可見，但他們的身邊可有著一名視力超卓的精靈在旁呢！

此刻，夏思思不禁慶幸當初離開精靈森林時，自己習慣性地討價還價。

夏思思沒有花時間研究，選擇一開始便拜託克里斯的做法果然是對的。精靈青年凝望了牆壁一會兒後，不光指出了所有會活動的方塊，還找出一個疑似是主按鈕的方塊，效率快得驚人！

凱文順著克里斯的指示，對那片方塊又按又敲，可惜卻都沒有反應，此時艾莉像是想起了什麼似地，把包裹著右手那層薄薄的祕銀浮現出來，隨即將泛著銀光的手掌按在方塊上，沒想到竟立即引起了牆壁的異動！

一道道暗金色魔紋浮現於方塊表面後，這些方塊便以很快的速度，用著看似凌亂，實際卻有著特定軌跡的方式重疊在一起，瞬間便空出了一個巨大的出入口。最神奇的是，重疊在一起的方塊並沒有增加厚度，就像是融合在一起似地看不出絲毫痕跡。

突如其來的變故讓剛剛往方塊敲打了半天的凱文看得目瞪口呆，良久才吶吶地詢問：「妳……妳剛剛做了什麼？」

艾莉聳聳肩，道：「只是利用祕銀重現瑪麗亞的掌紋而已。小時候我曾偷偷用祕銀記錄了她的掌紋，利用它出入實驗室禁地這種事可從沒少做過。」

說到這裡，女子帶著懷念的語調染上一絲悲傷。偷偷溜進實驗室的日子彷如昨日，可是現在卻人事全非了。

埃德加拍了拍她的肩膀，把目光投放在入口上，道：「進去吧！不知道裡面有

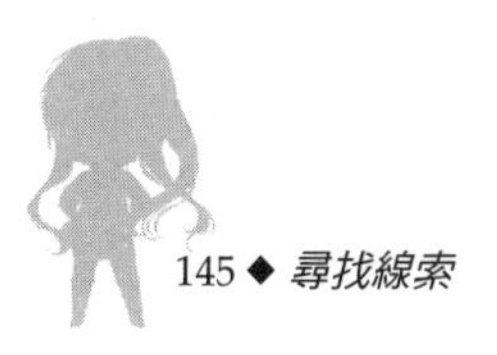

什麼，大家小心戒備。」

眾人皆神色肅穆地點了點頭。

□

一行人走進隱藏在牆壁後的通道，雖然整條通道都陷在山脈裡，但裡頭的空氣卻很流通。入口兩旁各設有油燈，雖然能利用魔法照明，但能節省魔力眾人也不會拒絕。於是走在最前頭的凱文便想把油燈點亮，卻被身後的艾莉阻止。

「我從來沒見過瑪麗亞使用油燈這種『原始』的東西，她一向都是直接使用魔晶燈的。」

聽到艾莉的話以後，凱文立即打消了燃點油燈的念頭。這明顯是瑪麗亞設下的陷阱，天曉得燃點油燈後會發生什麼事情！

「若是魔晶燈的話，瑪麗亞小姐好像有送我一盞。」艾莉的話提醒了夏思思，少女從空間戒指裡取出一盞以光明系魔獸的魔核打造而成的魔晶燈。

凱文嘴角一抽，道：「連魔晶燈也不放過，妳還眞是老實不客氣啊……」

埃德加等人的神色也變得有點不自然，他們不約而同地想起少女把瑪麗亞的鍊金產品掃進空間戒指時，那副來者不拒的神情。

夏思思挑了挑眉，道：「反正瑪麗亞小姐已說過那些都是她不要的東西，不拿白不拿啊！」

「……」

無可否認，不少被夏思思隨手收進空間戒指的小物品，在很多時候都出乎意料地有用。就像此刻她拿出來的魔晶燈，小小一盞卻照亮了大片範圍，既不像油燈般容易熄滅，也不像魔石燈那樣消耗魔力。

本應是石壁的位置全都被一層銀鋼色的金屬所覆蓋，讓夏思思產生一種彷如置身在科幻電影般的感覺，心裡還暗暗想著一會兒該不會有啥紅外線啊、雷射槍之類的武器攻擊他們吧？

眾人小心翼翼地走了一會兒，期間並沒有遇上任何陷阱與伏擊，很快便迎來了

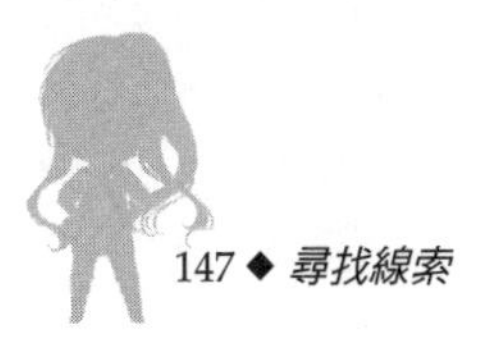

三條岔路。

「怎麼辦？以瑪麗亞的性格，我敢肯定其中兩條是通往充滿陷阱的死亡之路。」艾莉道。

夏思思想了想，道：「可以驅使祕銀往前方探路嗎？」少女沒有忘記祕銀有映照影像的功能，而且還能夠離開主人。

本以為最是萬無一失的計畫，艾莉卻搖頭拒絕道：「行不通的啦！祕銀是用意念驅使的，要是離我太遠便會失靈。就像我們在冰雪之國裡失散時，安朵娜特殿下他們身上的祕銀不就失效了嗎？」

「可那時也支撐了很長的時間啊！放在這裡的話也應該足夠探出哪條路比較安全了吧？」

艾莉解釋道：「那是因為當時祕銀依附在別人身上，我把使用權暫時外放給他們的緣故，就像我們兵分兩路時，不也開放了權限讓思思妳使用祕銀來通訊嗎？可是現在的狀況卻不一樣。」

夏思思頷首表示了解，隨即開始思考怎樣能在最保險的狀況下選出一條最安全的道路。

這狀況與盜墓時有點不同，當時若是必要，有大量「蒼狼」的成員當炮灰，現在圍繞在少女身邊的則全都是她重要的朋友，是她想要全力保護的伙伴，不要說是犧牲性命了，無論是誰受到傷害，都不是少女希望看到的。

就在夏思思苦思對策之時，克里斯伸手指了指左邊的通道：「往這邊走吧！」

眾人驚訝地看著一臉淡然的精靈青年，克里斯不愛說話，可是他進入木屋後的第一句話便指出牆壁後另有乾坤；第二句話則指出看起來像是一整面的金屬牆壁其實是由細小方塊組合而成。這一次青年再度發言，則是向眾人指出一條正確的道路！

凱文試探著詢問：「你知道我們該怎麼走？」

克里斯頷首道：「我再次感受到先前所說的自然之力，雖然非常微弱，但確實是從這個方向傳來的。如果這裡眞的藏有什麼，那應該就是在這個方向了。」

聽到對方的解釋，眾人這才想起就是因爲青年在埃德加打了牆壁一拳時察覺到從裡面傳出的自然氣息，所以有了後頭這一連串事情。

精靈族被譽爲自然界的寵兒，眾人當然不會懷疑他們對於自然之力的感應。因此勇者一行人順從克里斯的指示，選了左邊的道路。走了不久後，便再度遇上了五個岔口。

眾人不約而同地回首朝克里斯看去，青年也不負眾望地果斷說道：「右邊第二條。」

一行人繼續前進，而這一次沒有再出現岔路，取而代之的是一道緊閉的大門。

「又是這種金屬？」夏思思有點鬱悶地凝望著看起來比先前牆壁更爲硬實的大門，開始覺得不耐煩了。

隨即眾人全都不由自主地回頭，再次把視線投放在克里斯身上。

可惜這次大家失望了，因爲精靈也不是每次都能創造奇蹟的，這道大門他完全不知道該怎樣打開。

表面平滑如鏡的金屬大門沒有設置手把，倒是在左邊有個小小的凹孔，看起來有點像結構複雜的鎖孔。

「這個簡單！」艾莉吃吃笑道，隨即便見女子把祕銀化成液體流入孔洞位置，很快地便傳來微弱的「卡嚓」開鎖聲。

眾人露出掩不住的訝異神情，暗暗嘀咕著艾莉的動作也太快、太純熟了吧？

被同伴們用一副見鬼般的神情注視著，饒是艾莉那大剌剌的性格也有點吃不消。只見女子撓了撓頭解釋道：「小時候經常用這方法潛入一些不能進入的房間……你們知道的，小孩子都比較好奇嘛！」

「……」眾人已經不知道該回以她什麼表情了。

良久，夏思思這才驚嘆道：「第一次複製掌紋開鎖，是因為小時候經常闖實驗室，這次則是因為潛入鎖著的房間……艾莉妳當聖騎士真的太暴殄天物了，妳應該有更好的選擇，比如小偷。」

艾莉聞言後摸著下巴露出高深莫測的神情，似乎正思考著當小偷的可能。

埃德加見狀，不滿地皺起了眉，凱文慌忙假咳了幾聲把艾莉的思緒拉回來。畢竟同僚一場，他實在不忍心艾莉轉行當小偷後被自家隊長大義滅親。

可惜艾莉並不領情，道：「怎麼了？咳成這樣，被自己的口水嗆到嗎？」

「咳咳咳咳！」這次凱文是真的咳了……受到刺激時一不小心被口水嗆到，倒

是直接應了艾莉的話……

眾人向凱文投以同情的眼神，埃德加則因爲被青年打岔而暫時收起了教訓艾莉的心思，四周充滿殺氣的氣溫總算恢復了正常。

艾莉辭去聖騎士職務也罷，萬一少女眞的利用祕銀爲非作歹，以埃德加那眼裡揉不進沙子的性格，必定不會坐視不理的！

「我們只是說笑而已，小埃你那麼認眞做什麼？」夏思思打著哈哈地拍了拍騎士長的肩膀，順道伸手把已解鎖的大門推開。

就在大門被少女不輕不重的力道推得緩緩打開之際，一聲充滿驚恐的尖叫聲劃破寧靜！

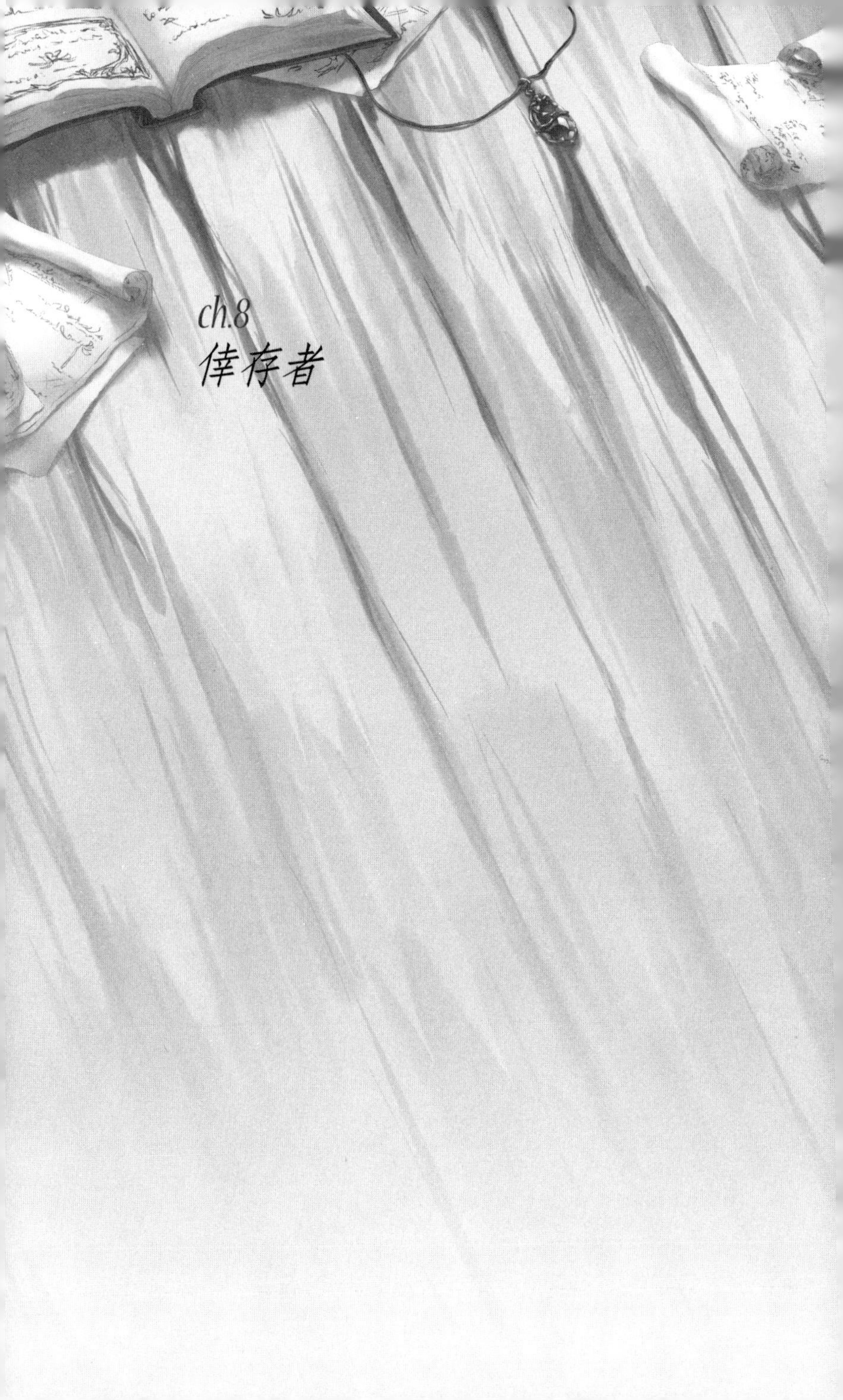
ch.8
倖存者

「思思！」

夏思思被突如其來的尖叫聲嚇了一跳，還來不及做出反應，便感到手臂被人從身後猛然一拉，力道大得讓她的手臂隱隱作痛。

隨即埃德加等人已衝至身前把她緊緊護在身後，聖騎士的腳邊還有一頭炸毛的小妖。奈伊則是一臉緊張地察看少女有沒有受傷。倒是克里斯的表現最冷靜，不慌不忙地往少女的手臂拋出一個治癒術，夏思思的手臂立即便不痛了。

此時夏思思總算反應過來，剛剛就在她把大門推開時，裡面傳出了尖叫聲！

門後有人！

少女很好奇到底是誰發出尖叫，然而不出數秒，身前便多出了一道由三名聖騎士所築成的人牆，以夏思思的身高，無論怎麼踮高腳尖也看不到前面到底有什麼。

「米高！」就在夏思思好奇得要死之際，堵在她身前的艾莉卻已跑進房裡，讓遮擋住少女視線的人牆出現了一道缺口。

埃德加確定了裡頭沒什麼危險後，隨即也舉步往前，夏思思見狀連忙尾隨在後。

眾人魚貫進入房間後，皆被眼前的景物驚嚇到了！

這是間佔地很廣的實驗室，金屬製的牆壁上閃動著防護魔紋，如果沒有鑰匙便從外強行進入，絕對會承受到嚴重後果。除了作為實驗室的巨大空間外，這裡還劃分出休閒室、臥房、廁所與廚房。裡頭的設施相較於瑪麗亞外頭表面上的實驗室強出數倍，這兒才是國家鍊金術師瑪麗亞眞正進行研究、並且存放研究成果的地方！

粗略打量了實驗室一眼後，夏思思便把視線投向瑟縮在牆角的少年，以及蹲在少年身前的艾莉身上。

眾人的出現似乎讓少年很激動，只見他就像個溺水人抓著救命草般緊緊抓住艾莉的手，艾莉則展現出難得一見的耐心，溫言安撫著這名少年。

這名被艾莉稱為「米高」的少年約十一、二歲，有著一頭看起來很柔軟的亞麻色髮絲。他身材纖細，皮膚更因長期待在室內而顯得蒼白，一看便知道是個手無縛雞之力的研究人員。

在艾莉的安撫下，米高逐漸冷靜下來，隨女騎士的攙扶站起身。在眾人疑惑的注視下，艾莉介紹著這名看起來很羸弱的少年。「這是米高，瑪麗亞的徒弟。」並

溫言向少年介紹夏思思等人。

知悉眾人的身分後，米高緊張的情緒明顯緩和了幾分。少年不安地詢問：「各位進來時有看見我的老師嗎？」

艾莉小聲說道：「米高，瑪麗亞已經遇害了……」

少年對這個答案似乎早有預感，聽到艾莉的話以後倒沒有太激動的反應。眾人對望了一眼，隨即埃德加上前詢問：「這裡到底發生了什麼事情？」

米高道：「我也不知道……我本來正在協助老師進行實驗，但實驗室忽然發出警報。老師要我待在這裡不要離開後便自己出去了。我等了很久也不見老師回來，便猜測她已經遭遇不測了。」

夏思思訝異道：「米高你是瑪麗亞小姐這次任務的助手嗎？爲什麼我們先前來這兒的時候沒看到你？」

少年解釋道：「我是在最近才被老師召喚過來的，她之前都是自己一個人在這裡研究。」

埃德加質疑：「爲什麼出事後你不立即聯絡王城？」

米高一臉委屈，道：「我才剛剛來這裡幫忙，老師還沒有在通訊裝置上加上我的使用權限，這裡的所有裝置我暫時仍無法使用。雖然我身上也有通訊用品，可是這間實驗室牆壁上的魔紋，除了防護以外還有阻隔通訊的功能，我根本無法聯絡外面。」

埃德加皺起了眉，道：「你就沒想過出去看看嗎？」

米高弱弱地說：「我也擔心老師呀……可是我即使上去也幫不上忙。」

埃德加顯然很不喜歡少年的答案，不過他倒沒有過於苛責對方。也許在驍勇善戰的聖騎士眼中，少年實在過於懦弱，可是對方只是個沒有武藝在身的少年，突如其來的變故已讓他嚇破膽了，他們實在無法向對方要求更多。

艾莉詢問：「米高，你能說說瑪麗亞在這裡的研究嗎？」

少年一臉爲難地道：「可這些都是機密……」

夏思思不耐煩地擺了擺手，道：「都這個時候了，你還管它什麼機密！難道你不想找出凶手爲瑪麗亞報仇嗎？要是你不說，我便打到你說爲止！」

也不知道是因爲發話的人是勇者大人，還是因爲米高害怕夏思思眞的會打他，

少年猶豫片刻後，便把他所知道的事情和盤托出。

可惜或許是因爲接觸這項研究的時日不多，米高所知道的事情很表面，基本上，他所說的內容，夏思思等人在上次前來妖魔之地時就已經知道了，無法從少年身上獲得更多有用的情報。

「米高，你認爲襲擊瑪麗亞的人是誰？」

「北方賢者佛洛德！」少年想也不想立即回答。

艾莉睜大雙眼：「爲什麼會這樣想？」

米高回答得理所當然：「因爲奪取老師的研究成果後，最大的獲益者就只有佛洛德的戀人伊妮卡以及艾莉姊啊！艾莉姊妳一定不會傷害老師的，那麼有最大嫌疑的人便是佛洛德了。聽說北方賢者一直在研究空間魔法，也只有他能夠無聲無息地進入屋內，一擊破壞老師安裝在客廳的防衛裝置！」

聽少年說得有理，所有人都沉默了。

他們一直認爲獲得驅除魔血的藥劑後，便能把北方賢者重新拉回人類一方。可如果佛洛德眞的犯下了這個無可挽回的錯誤，那麼他們與對方就只能成爲不死不休的敵人了。

夏思思安慰艾莉道：「佛洛德雖然也有與人類作對的時候，但他一直有著自己的底線。我想這次的事情未必是他做的。」

艾莉嘆了口氣，道：「但願如此。我一直希望能與佛洛德回到以前的關係，但如果眞的是他殺害瑪麗亞的話……」說到這裡，艾莉露出決然的神色，身爲聖騎士，艾莉有著她的義務。身爲瑪麗亞的朋友，她也有著自己的底線。「到時候，我會親自替瑪麗亞報仇的！」

在天鈴鳥的幫助下，眾人帶著倖存者米高，以及瑪麗亞的遺體，瞬間離開了妖魔之地，回到熱鬧繁華的王城裡。

由於城堡有著魔法保護而無法使用空間傳送，因此天鈴鳥便把座標設定爲王城裡的大廣場。

這次的事情牽連太大了，出色的鍊金術師是國家的寶藏，瑪麗亞的死亡對安普洛西亞王國造成了無可估計的損失。因此艾莉早已利用祕銀向王城報告了所有事

情，並要求國家派遣人員前往妖魔之地接收瑪麗亞博士的研究資料。

當勇者一行人順利抵達廣場時，以國王布萊恩陛下為首的一眾官員已經在廣場上守候了。夏思思知道這次他們迎接的主角再不是她這位偉大的勇者大人，而是在執行研究任務時為國捐軀的瑪麗亞博士。

儀仗隊吹起了悠揚卻帶著悲傷的樂曲，所有在王城中飄揚著的國旗也被下降了一半國旗的距離。從這下半旗的儀式加上國王陛下親自迎接遺體，可見瑪麗亞這名鍊金術師到底有多受國家的重視。

「咦！沒看見艾維斯與莉蒂亞？」夏思思深褐色的雙眸在一眾王室成員間來回穿梭著，艾維斯不在迎接遺體之列並不出奇，可是莉蒂亞怎樣也該露一露面才對。不見仍只是未婚夫身分、還未正式成為王室成員的葛列格，也陪同安朵娜特公主一起過來嗎？

凱文小聲解釋：「思思妳別忘了離開冰雪之國後，我們便直接請求天鈴鳥傳送至妖魔之地，時間計算起來至今還不到一天。雖然巨龍的飛行速度很快，但他們終究是血肉之軀，又怎比得上天鈴鳥使用空間傳送的速度？」

夏思思聞言點了點頭，下意識便往克里斯，以及待在青年肩膀上的天鈴鳥看去，怎料一看卻嚇了一跳，這一人一鳥竟然平空不見了！

難道克里斯帶著天鈴鳥溜了!?

少女略帶慌亂地東張西望，隨即始見在奈伊身後浮現出淡淡猶如幽靈般的白色身影；只見那白色的「好兄弟」做了個噤聲的手勢，肩膀上還隱約可見一隻小鳥的影子。

這名白色幽靈一閃即逝，只剩下夏思思對著它剛剛顯現的位置直眨眼。

驚愕過後，少女這才想起克里斯的幽靈模式！

仔細一想，精靈族的確不適合驟然出現在人類面前，尤其是這種國家政要齊聚的場合。封鎖精靈森林以前，人類與精靈族的關係說不上好，克里斯會有這種反應完全可以理解。

知道克里斯並不是帶著天鈴鳥開溜，夏思思暗暗吁了口氣，便把注意力投至正在進行的儀式上。

夏思思在場上游移的眼神最後定在一名高大的身影上。此人長相粗獷、身材高大，聖騎士的銀甲穿在他身上特別有氣勢。然而這名一看便讓人感到很不好惹的騎士在對上夏思思的目光後，竟露出了泫然欲泣的委屈神情，不得不說這種幽怨的表情出現在一名大漢臉上實在……滿獨特的，馬上便引來眾人紛紛側目。

要不是埃德加等人很清楚這兩人沒有姦情，他們還以為夏思思始亂終棄了對方咧！

這名高大威猛的聖騎士正是許久不見的泰勒。也難怪男子的表情會這麼怨哀，他除了一開始參與了護送夏思思前往王城的旅程外，其餘時間都留守在亡者森林。

本以爲奪回狄倫的靈魂後他便可以自由了，離開那不時便有亡靈出現的鬼地方。怎料夏思思竟爲了讓艾維斯安心對付佛洛德而把他賣了，下令讓他代替艾維斯留守在亡者森林裡照顧那群小崽子。

果然，這年頭當武者就是吃虧嗎!?他承認自己遠沒有艾維斯聰明，可是他還是很有用處的呀，殺妖獸會衝在前頭，必要時還可以當肉盾耶！需要那麼乾脆地把他流放邊疆嗎？

好吧！身為軍人需要絕對服從命令。雖然滿腹怨懟，但泰勒仍乖乖地繼續留在森林當保母，終於捱到那群頑固的小鬼願意主動離開森林。眞神在上，感謝亡者森林副首領葛列格對他們的刺激！

泰勒心想這次總算能夠歸隊了，偏偏又收到夏思思的密令，要求他執行一個祕密任務！

這讓泰勒看夏思思的眼神如何能不幽怨？他不就是剛認識少女時，嘲諷了對方幾句，用得著這樣對他嗎？

夏思思雖然不懂讀心術，可是看著泰勒的表情也不難猜測對方正在腹誹自己，於是少女饒有趣味地挑了挑眉。

看到夏思思的動作，泰勒頓時覺得眼皮直跳。難得有機會歸隊，泰勒可不希望惹勇者大人不高興，然後繼續被派往哪個不毛之地駐守！

男子連忙朝夏思思討好地笑道：「思思，妳交代我的事情已經辦好了。這段期間我一直聽到別人稱讚思思妳仁義、善良、忠誠、勇敢、樂善好施……早就期望著再次與妳一起冒險，這次我應該可以歸隊了吧？」

聽到泰勒的話，夏思思臉都青了……

仁義、善良、忠誠、勇敢、還要樂善好施？誰誰誰！誰這樣咒我？

這根本就是那種生來被人欺負的爛好人性格吧？難道我夏思思看起來很好欺侮嗎？

看著泰勒諂媚的笑容，下一秒夏思思才理解到對方正在奉承自己。的確，這些都是好話沒錯，但當事人無論哪一項都不喜歡的時候，感覺還是頗爲微妙的。只能說這兩人的觀念實在相距太遠。

夏思思嘆了口氣，揉了揉太陽穴說道：「好了，泰勒我讓你歸隊便是。這些詛咒……咳！這些讚美請你收回心裡就好。」

「多謙虛的品德啊！看來勇者大人的性情比傳聞中還要出色！」這是一眾好奇旁聽著兩人對話、不明就裡旁觀者的心聲……

瑪麗亞的遺體已被安放在棺木裡，女子身上的血跡於妖魔之地時早已被夏思思用水元素洗去，艾莉更從衣櫃裡找了一套正好能夠遮掩脖子猙獰傷口的新衣給她換上。再加上克里斯在瑪麗亞的屍體上留下了些自然之力，讓對方蒼白的臉色變得更加接近活人，現在，女子看起來就像安靜地沉睡著一樣。

以安普洛西亞王國的儀式，葬禮會在死者死後一個月舉行，這完全得歸功於這個世界的魔法能夠好好保存屍體。要是在地球的話，要保全屍體就只能冷凍，或者以福馬林浸泡防腐了。

在這等待下葬的一個月中，屍體會暫時交由教廷保全，教廷的祭司更會每天定時爲死者禱告。這做法美其名是讓死者能夠更貼近眞神，可夏思思卻覺得這絕對是教廷赤裸裸的斂財方法！

畢竟祭司都這麼辛勞了，死者家屬對教廷的捐獻還會少嗎？

這次除了稍微有分量的官員與貴族皆出來迎接以外，教廷同樣派出了超豪華的陣容，遺體的交接更是由大祭司伊修卡親自完成。此刻伊修卡正在爲瑪麗亞進行簡單的祝禱，他身後跟隨著大群祭司，讓這名過於年輕的大祭司意外地有氣勢。

由於大部分儀式都會留待到葬禮時才進行，因此布萊恩等人除了前來表達對瑪麗亞的重視外，也只是進行了簡單的祝禱。隨即在儀仗隊的音樂下，目送著瑪麗亞

的遺體被祭司們領走，緩緩消失在眾人的視線裡。

□

送別了瑪麗亞的遺體後，一行人便浩浩蕩蕩地進入城堡裡。

當身邊的閒雜人都散去後，艾莉再也忍不住哭著撲進站在布萊恩身旁的老者懷裡道：「爺爺！」

對於恩伯特——艾莉的爺爺、瑪麗亞的老師、巴德博士的同門，夏思思早已久仰大名，只是這還是第一次見到本人。

滿頭白髮的恩伯特博士身上完全沒有如他學長般的氣焰，如果夏思思沒聽到艾莉喊對方「爺爺」，只會誤以爲他是個慈祥的普通老爺爺而已。

恩伯特博士摸了摸艾莉成長後變得長長的頭髮，神情很複雜，既因學生逝世而悲傷難過，也爲孫女的恢復而喜悅，他道：「艾莉……來……讓爺爺看看妳……」

艾莉用衣袖抹了抹滿臉的淚水，隨即拉開了兩人的距離，讓老人能夠看清楚。

「妳長大後愈來愈像妳的母親了……可惜瑪麗亞無法看見妳現在的模樣，那孩子一直很擔心妳的事情……」說到這裡，老人已哽咽得說不下去。

夏思思忍不住對這名老人報以萬分同情。他一生只有阿爾與瑪麗亞兩名弟子，偏偏阿爾野心極大，結果自食惡果被瑪麗亞所殺。瑪麗亞倒是有望繼承他的衣缽，而且這名弟子對他的孫女艾莉還很不錯，可惜卻在這次事件中被殺害了。

白髮人送黑髮人本已是非常淒慘的事，恩伯特博士還要承受一身鍊金絕學將要失傳的打擊。還好艾莉能夠祛除魔毒的影響恢復常人，總算爲這名可憐的老人帶來些許安慰。

也許是不希望恩伯特博士想太多，艾莉並沒有把米高的猜測告訴他，只是用堅毅的神情鄭重允諾道：「爺爺你放心，我不會讓瑪麗亞枉死的！無論是誰殺死她，我都一定要讓對方付出應得的代價！」

看著神色堅毅的艾莉，夏思思恍若看到了提及羅奈爾得背叛時的卡斯帕。

死去的人固然不幸，可是有時候活著承受失去的悲傷，又何嘗不是一種殘忍？

夏思思衷心希望佛洛德不是凶手，不是因爲北方賢者的加入所帶來的利益，而

是爲了艾莉不用因復仇而手刃青梅竹馬的好友！

在夏思思心目中，艾莉應該是開心快活的，偶爾有點毒舌、總是充滿活力地去捉弄身邊看不順眼的人。她不希望女子遇上與卡斯帕同樣痛苦的抉擇，不希望悲傷憂愁取代了對方原本明媚的笑容。

夏思思從不信神，可如果這世上眞的有著創造萬物的全能之主，那麼神啊……請讓艾莉能夠跨過這個難關。無論遇上任何事情，都希望待在她身邊的一眾伙伴能替她分擔傷痛，爲她帶來希望與光明。

這是夏思思對著不知道是否存在的神明，所做的小小祈禱。

《懶散勇者物語・卷八》完

SIDE STORY 夜色

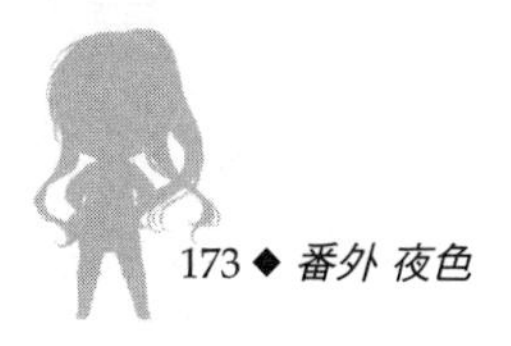

鮑伯是個從周邊城鎮逃亡至這座罪惡之城的殺人犯，現年三十多歲的他，從八歲開始便屢屢犯案，黃賭毒均沾，甚至小小年紀便害了多條人命，他的每一項罪名都足以讓他被判上死刑。然而他非常聰明，這些年來每每遇上危險總都能逢凶化吉。要不是有次姦殺的少女是某高官的女兒，把事情鬧得太大，他也不會捨下這些年「打拚」得來的家業，狼狽地逃到這國家也無法管理的混亂地區。

在這座罪惡之城，像鮑伯這樣背景的惡人還有很多，但能在此重新站穩陣腳的人卻很少。如果說外界的平民全都是綿羊，那在這座城市裡，即使是孩子或是拾荒者都是匹惡狼。只要一個不慎，像鮑伯這些猛虎也會成爲惡狼的食物，事實上，這種事情在這座城市裡從沒少過。

帶領著十多名從年輕時便一直跟隨著自己的心腹手下，鮑伯憑藉拚搏與狠辣的手段，最終在這座城市裡站穩了陣腳，在販賣人口這條線上分上一杯羹。

鮑伯有自信，只要讓他繼續發展下去，終有一天他能夠重現以往的輝煌，成爲城鎮的統領者！

這一天是交貨的日子。身爲老大，鮑伯總會在貨物轉交至買家前扣下一些自己喜歡的享用。因此他每到交貨日心情便特別好，尤其這次的貨物聽手下說素質很不錯，這更讓鮑伯期待不已。

兩部貨櫃車一前一後駛入，依鮑伯的要求，這座建築物的地面整層被打通成一座隱密的停車場，唯一的出入口也派人輪流看守著，讓交貨時更爲安全。

貨車駛進停車場後，幾名手下便把貨櫃打開，隨即在這些人的呼喝聲下，數十名渾身汗水污穢的婦女與孩子便從貨櫃裡走出來，他們正是鮑伯這次的貨物。無論任何時代，買賣人口都是非常賺錢的生意，哪怕是被稱爲和平民主的現今，只是從古代光明正大地販賣改爲暗地裡買賣而已。

現在正值炎夏，貨櫃裡非常悶熱，不少被關在貨櫃的婦孺都出現了脫水症狀。在他們被趕出來後，還能看到貨櫃裡倒著幾名中暑暈倒、生死未知的孩子。

鮑伯的目光在這些人中審視了一番，伸手便往人群中指了指，道：「妳……還有妳，站出來！」

隨即兩名小女孩便從人群中畏畏縮縮地往前走了兩步。

看了看，兩名女孩雖然一臉污垢，但仍能看出擁有清麗出色的臉龐。鮑伯滿意地點點頭，向手下下令：「把她們帶去打扮一下，然後送入我的辦公室。」

之後男子再也不看那些女人一眼，逕自舉步離開。

是的，鮑伯不喜歡成年女人，獨愛還未發育的小女孩！

那些被他挑上的女孩從沒人能在他的凌虐下生還，也正因爲鮑伯這獨特的愛好，讓他非常熱中於販賣人口的事業。因爲只有這種工作，才能保證會不斷補充新的小女孩給他取樂。

雖然鮑伯喜歡把他待著的私人房間稱爲「辦公室」，然而實際上裡頭卻完全沒有辦公室應有的樣子。

有電腦，但卻被凌亂的雜物掩蓋住，也不知到底多久沒被使用了。雪茄與毒品隨意放在桌上，佔據大半空間的大床更宣示著這房間應該把名稱從「辦公室」更改爲「享樂室」才對。

手下並沒有讓鮑伯等太久，清洗乾淨並換上一身可愛小洋裝的兩名女孩，很快就已帶到他辦公室裡。

把女孩送到後，手下便識趣地退下了。鮑伯盡興時一向不喜歡被人打擾，因此每次有新貨時手下都會迴避，直至鮑伯出房，叫他們收拾房間與屍體爲止。

待閒雜人等離開後，鮑伯肆意打量著兩名女孩。這次被選上的女孩剛好都是東方人，小的只有五歲左右，大的看起來也不足十歲。款式可愛的洋裝把她們襯托得如同洋娃娃般，讓鮑伯暗暗告誡著自己這次不要太快把人弄死，必定要好好享受一番！

鮑伯隨手一抓便抓中了那名年紀較大的女孩，也不理會孩子吃痛的表情便把人用力甩在床上。以他這種毫無保留的力道，至少已讓這嬌滴滴的女孩斷了一、兩根骨頭！

毫不理會女孩痛苦的哭喊，鮑伯一撲上去便往女孩身上撕咬，然而男子解著對方衣服的手在往下摸索時頓然一僵，雙眼閃過不可思議的神色。

同時，女孩的哭喊聲倏然而止，鮑伯只覺咽喉處傳來一陣劇痛，意識立即變得

模糊。在男子墜入無盡的黑暗以前，最後迎上的是那女孩沉靜如水的眼神——漆黑的色澤，猶如世上最清澈寂靜的夜空。

看著被割破喉嚨的鮑伯失去生息，把倒下屍體推往一旁的女孩吁了口氣，隨即她竟把一頭長髮拉了下來，露出隱藏在裡面的短髮。

隨手將假髮丟在地上，孩子伸手往喉間撕下一張肉色貼紙，只見她咽喉平白多出了男性才有的喉結！

這名清秀的女生竟是一個少年！

少年修長的手指間夾著一枚細小的刀片，用床單仔細抹拭刀片上的血跡。刀片雖薄卻很鋒利，那幽幽的綠光更顯出刀片帶有劇毒，這片薄薄的刀片正是殺死鮑伯的凶器。

把刀片擦拭乾淨以後，少年很隨意地將之放在舌頭下，只見他把嘴巴闔上後便完全看不出痕跡，誰也無法察覺到這孩子竟然在舌頭底下藏有刀片！

這技巧其實並不罕見，很多出色的小偷也會學習這種舌底藏刀的技巧，可是在刀片上塗有劇毒的人卻絕對沒幾個。

只因這種方法實在太難，而且動輒便有性命之憂。不要說在練習時不小心被刀刃割傷，若那些毒藥夠毒，只是讓帶毒的刀片沾染到唾液也很容易中毒。現在即使是專業殺手也很少有人練習這種技巧了，難怪鮑伯雖然爲人謹愼卻仍是著了道兒。他在吃驚於少年的眞正性別時，一定更想不到對方竟在舌下藏有凶器！

少年藏好刀片後看也不看床上的屍體便站了起來，一直瑟縮在牆角的小女孩跑上前，忽然緊緊抓住少年厚重的裙襬，仰頭瞪著黑褐色的眸子，眨也不眨地凝望著他。

少年露出訝異的神情，隨即冷起臉威嚇道：「放手！不然我連妳也殺！」

他年紀雖小，卻是眞正在血海打滾過的人，刻意散發殺氣時還是很有氣勢的。此刻少年周身氣息一變，清秀的少年彷彿化成了修羅惡鬼，嚇得那名普通小女孩止不住地顫抖，清澈眼瞳裡浮現深切的恐懼。

見到女孩的神情，少年忽然覺得興致索然。收起了嚇小孩的殺意，少年不再理會一臉驚恐的女孩，舉步便走。

這一動，少年才發現女孩雖然驚懼，可手卻仍緊緊抓住自己的裙襬！

「……放手。」

「大哥哥是好人，你就多救我一次吧！」說罷，女孩露出一副豁出去的表情。

少年敏銳地察覺到女孩這句話隱含的意思，他道：「多救妳一次？」見少年願意停下來與自己交流，女孩便沒那麼害怕了。

在與女孩言談間，少年對她有種非常聰慧的印象，而且對方清晰道出重點的表達方式完全不像個小孩。「我知道那個壞人本來伸手要抓的人是我，是大哥哥你踏前了一步，代替我被他抓到。」

女孩的話讓少年震驚了！他的確是故意讓鮑伯抓中自己，雖然也有因爲同情這名孩子的成分在，可是他這麼做主要是因爲想要盡快主導局面以免夜長夢多而已。當時自己的步法配合了房裡的燈光，他相信鮑伯絕對察覺不到他的意圖。想不到卻反而被這名沒練過任何武藝的小女孩察覺到!?

少年不禁對這孩子產生了興趣，心知這房間會有很長一段時間不會有人來打擾，少年也不急著走，坐在屍體旁興致勃勃地詢問：「難道妳的動態視力特別好？

呃……動態視力是……」他忽然想起那麼小的孩子根本不知道什麼是動態視力，抓了抓頭便想向女孩解釋。

怎料這孩子卻語出驚人：「我知道，動態視力是指眼睛在觀察移動的目標時，捕獲影像、分解、感知移動目標影像的能力。不過我看到大哥哥的動作並不是因爲這些，我一開始的時候沒有發現到，後來才想起。」

「……完全聽不懂。」

女孩不自覺地學著少年抓了抓頭，這孩子本就長得漂亮，再加上被刻意打扮過，配合這有點傻氣的動作看起來實在嬌憨可愛。「大哥哥知道什麼是『超憶症』嗎？我正是擁有這種過目不忘的記憶力。起初我的確看不出大哥哥你的動作，可是後來回想的時候卻『看』出來了。」

「妳連『超憶症』也知道啊？」少年訝異於女孩過目不忘的本領，但更驚訝她竟然懂得那麼多專有名詞。

說了這麼久，雖然女孩完全不敢把目光投放至屍體上，可是卻已經不怕這名少年了。「大哥哥你帶我一起走吧！要是那壞人的同伴進來，他們一定會殺死我

的！」

少年挑了挑眉，饒有趣味地詢問：「妳不爲其他孩子求情嗎？我只救妳一個人就可以了？」

女孩很認眞地回答道：「人太貪心是不好的。」

少年愣了愣，覺得這孩子眞是太有趣了！

她的話看似天眞，但其實內裡的意思很殘忍。不過正因爲如此，少年很欣賞她，因爲這孩子很清楚自己的定位。如果小女孩眞的要求少年拯救那些被拐賣的婦孺，少年必定二話不說轉身就走。

少年不討厭善良的人，可是卻很討厭明明沒有能力卻不自量力幫忙他人的人！何況小女孩自己本身還等著別人的救助，因此她的話確實說進少年的心坎裡：他也不喜歡太貪婪的人！

如果說先前他只是對這孩子有著些許憐憫，但現在他倒眞的覺得要是這麼有趣的孩子死掉的話實在滿可惜的。

少年一向都是個很隨性的人，他道：「我帶上妳也可以，但妳要聽話。現在，先把手放開。」

女孩雙眼一亮，立即乖乖鬆開抓住對方裙襬的手。

少年沿著房間的大櫃往上攀爬，動作敏捷得就像頭猿猴。只見他從容拔出通風口的鐵欄，並取出先前偷偷藏在裡面的衣服，隨即輕巧地躍回地面，無視女孩好奇的目光大大方方地換起衣服來。

女孩年紀尚幼，並不會因少年的舉動而尷尬，反倒一臉驚奇地看著少年換上簡潔男裝，瞬間從漂亮的女生變回清秀少年。

少年的身子還未發展完全，再加上他本就長得清秀，無論男裝女裝都非常適合，一點兒也沒有違和感。

眼前的變化讓女孩嘖嘖稱奇，然而下一秒少年便把手伸向女孩的長裙一把將裙襬撕下，頓時露出女孩那蓮藕般白白胖胖的雙腿，甚至連那條可愛的小熊內褲也若隱若現。不過這身造型落在一名五歲小孩身上，春光倒是沒有，卻可愛逗趣得很。

五歲的小女孩雖然還未懂男女之情，但已開始懂得害羞。小女孩伸手拉了拉身上的迷你裙妄圖把小褲褲遮著。

少年看得有趣，不禁翹起了嘴角。隨即少年再度攀上那高大的衣櫃，一手抓住衣櫃邊緣，一手伸向女孩，道：「抓住我吧！我拉妳上來，小熊妹妹。」

女孩瞪大雙眼，並在心裡怒吼：你才是小熊妹妹！你全家都是小熊妹妹！

雖然氣少年的調笑，不過女孩還是很識時務地乖乖把小手遞上去。

即使身處半空，可少年的動作卻非常迅速安穩，只見他一臉從容地單手將孩子抱在胸前，讓她踏上自己的肩膀順勢攀上通風口。

「直走，第一個岔口往右，然後是左、左、右、左、右、右、左，到出口時先不要出去，等我的指示再行動。」少年一口氣把話說完，也不理會這孩子能不能記住。

女孩也沒有要求少年重複，這名心智超出同齡孩子的女孩，二話不說便開始往前爬。

通風口非常狹窄，即使是小女孩，要在裡頭爬行也很勉強，理論上少年應該鑽不進去才對。可是女孩卻一直聽到身後有人尾隨著爬動的聲音，而且速度還不慢，也不知道對方是怎麼辦到的。

震驚的人除了女孩之外，同時還有尾隨著他的少年。少年本打算等孩子走錯路時出言提醒，怎料女孩卻完美地走到了出口，顯示出這孩子果眞擁有驚人的記憶力。

來到出口，女孩依言停下了爬行的動作，靜待少年下一步指示。孩子乖巧的舉動讓少年暗暗點頭，加深了帶她一起走的決心。

正所謂「不怕神一樣的對手，就怕豬一樣的隊友」。如果女孩的表現出現丁點差錯，即使她再天才、再有潛力，即使少年對她的興趣再高，也絕不會帶著這麼一個不定時炸彈一起同行的！

向女孩做了個噤聲的手勢後，少年側耳傾聽外面的聲音，所有腳步聲、交談聲，甚至風聲與人的呼吸聲，都無法瞞過這名經過特殊訓練的少年。

很快地，他尋到一個四周都沒有人的空檔，帶著女孩趕緊從通風口爬了出去。有著夜色掩護再加上少年對地形的了解，兩人不久便逃離了這個危險的魔窟。

「好了！現在我先帶妳去換過一身衣服吧！小熊妹妹。」少年的黑色眸子裡滿

滿都是笑意，看著女孩的眼神就像看著剛撿到的新玩具。

少年一說，女孩這才想起她的長裙被人撕下了一大截。聽到少年的調笑，孩子卻是生氣比害羞多地道：「我不是小熊妹妹！我叫夏思思！」

孩子的反應很有趣，少年並不想就這麼放過她：「思思是妳的名字，但小熊妹妹是身分，彼此又沒有衝突。還是妳比較喜歡我叫妳內褲妹妹？」

夏思思暗暗在心裡罵道：你才是熊！你全家都不是人！

想了想，夏思思一臉天真無邪地詢問：「那大哥哥你叫什麼名字？」

少年笑道：「妳是想探聽我的名字然後報復回去吧？很可惜我們這些來自組織的孩子都沒有名字，就只有一個數字作代號。」

「這樣啊……」小女孩水靈靈的眼眸一轉，以嬌嗲且甜得發膩的嗓音喚道：「那，恩～公～」

這句「恩公」的威力太強大了，少年立即機靈靈地打了個冷顫。

「好吧……我投降。我叫妳思思，妳也換一個稱呼叫我吧……」

「大哥哥的意思是，恩～公～以外的稱呼嗎？」女孩一副趕緊想在換稱呼前多喊兩聲的神情，把那兩字的發音再度拉長了幾分。

少年滿臉黑線，心想不久前這孩子還對他又敬又怕，想不到這麼快便抓到他的性情與底線，知道能以什麼態度來對待他又不至於讓他眞的生氣。這種見風轉舵的個性或許也是一種才能吧？

「是的！」短短兩個字，少年幾乎是咬牙切齒地說出來。

「那麼我稱呼你爲『夜』可好？」夏思思很明白適可而止的道理，現在這少年就是她的天、她的地、她往後的依靠，聰明的她並不會傻得眞的去惹對方厭惡。

少年愣了愣，看了看女孩與自己一模一樣的髮色與膚色，剛剛的打鬧也迅速拉近了兩人的距離，於是親切的感覺油然而生。少年沒有親人，但他想有親人的感覺大概就是這樣吧？暖暖的，有著說不出的窩心感。

「『夜』嗎……還滿好聽的，以後妳就這樣喊我吧！」

□

夜並不是個安分的孩子，他崇尚自由，喜歡無拘無束的生活，然而這些對組織的孩子來說卻是絕對的奢望。不知從何時起，少年突然產生了脫離組織控制的想法。雖然他知道以他的力量對抗組織無疑是以卵擊石，可是這個念頭一生起，便再也無法熄滅，少年開始下意識地尋找著組織的弱點。

於是在一次外出任務時，夜做了第一件違反組織規定的事。他瞞著組織，私自在外界購買了一間房子。隨後每次完成任務後只要情況許可，少年總會先到這個「家」享受一下自由的感覺，再返回那充滿死亡與血腥的孤兒院裡。

後來這間小屋的事被幾名要好的孩子知悉，漸漸地，住在這個「家」的人便多了起來。後來已不記得是哪個孩子帶頭，他們開始把執行任務後所剩下的武器與彈藥扣起，存放在屋子裡，不再盡數歸還組織。

久而久之，偶爾前往這個「家」暫住的孩子愈來愈多，而裡頭累積起來的武器也到達可以推翻組織的地步。

當夜在任務中意外撿到這個名叫夏思思的孩子後，少年首先想到安置女孩的地方，便是他們那個「家」。

少年從沒想過把夏思思帶回孤兒院。也許以女孩的才能，經訓練後不光能夠成爲他們的一員，甚至還能獲得較前面的號碼，同時也代表引薦她進入組織的夜立下大功。

可是少年卻不希望這個爲他命名、讓他感受到家人般的溫暖的孩子經歷他所經歷過的黑暗。

於是他便把夏思思藏匿在那間祕密小屋裡，還因此被同伴們取笑他在養小三，雖然這位小三的年紀也實在太小了點。

夜並沒有管束女孩的生活，把人帶到屋子、並留下一些錢財以後，就逕自離開了，一點兒也不怕這小小孩童被這裡的惡人吃得渣也不剩。

事實上，夏思思也的確不用他擔心，這孩子自從經歷過父母的死亡，以及自身被販賣的經歷後，就像開竅了似地，對任何事情都留了心眼，生活在這座城市裡竟然一點兒也沒有吃虧。

再加上小傢伙與那些偶爾出任務後到這裡暫住的少年熟絡以後，更是從他們

身上學習了一堆亂七八糟的東西。結果到後來，夏思思反而把這一帶惡棍耍得團團轉。

大家都很喜歡這個被夜撿回來的機伶孩子，對於夏思思的請教，大都很願意傾囊相授，唯獨只有殺人的技巧，眾人卻是不約而同地選擇不教導給女孩。

對他們來說，夏思思這個「普通人」是他們的妹妹，也是他們與外面世界唯一的聯繫。教導女孩殺人的技巧，就像污染了這個與血腥扯不上邊的孩子，誰也不願意污染這心中唯一的淨土。

夏思思的父母皆是出身良好的學者，他們從女兒很小的時候便發現了她擁有驚人的才能，因此夏思思小小年紀便開始接受一系列智能訓練，在其他孩子就連說話都還不流利的時候，她已能讀書寫字。

女孩從沒有在父母的身上感受到應有的關懷與愛意。那時候小小的夏思思總覺得與其說她是父母的女兒，倒不如說她是這兩人珍貴的實驗品來得貼切。

父母一刻不停地逼迫，造就了一個天才，可是這小小的天才卻不快樂，她並不是個有野心的人，如果能讓她選擇，夏思思更加渴望像普通孩子般生活，比如上學、玩耍、偶爾獲得父母的稱讚與擁抱。

然後有一天，她的父母得罪了不能得罪的人，對方派殺手闖入她家殺了她的父母。夏思思不知道那人為何沒有殺她，女孩可不認為對方會有同情孩子的念頭。

也許是因為她的父母真的大大得罪了人家，因此那人把獨生女的自己販賣至這座罪惡之城裡。夏思思年紀雖小，但也知道除了死亡外，多得是讓人生不如死的手段。

夏思思親眼看著自己的父母被殺，可是她對此卻並沒有太傷心難過，當時女孩最先感覺到的情感竟是鬆了口氣，隨即便是為自己的處境擔憂。當孩子與父母之間失去了應有的孺慕與親情，也只是血脈相連的陌生人而已。

夏思思本以為自己的命運將會非常淒慘，想不到卻遇上了夜，還被他撿了回去，也算是她命不該絕。

雖然夜從來沒有向夏思思提到組織的事，可是先不說女孩遇上少年時對方就在她眼前殺了人，光是這間屋子裡所堆積的武器，以及往來不絕的臨時住客所表現出來的不凡，已顯示出夜的來歷一點兒也不簡單。

可是夏思思卻毫不害怕這些一身血腥的少年，對女孩來說，他們就是她新的親人，而且不得不說，這些比她大不了多少的孩子，當起親人來比起她的親生父母實在稱職太多了。

少年們不願意教她殺人的技巧，夏思思從此以後便絕口不提。她並沒有多大野心，憑她的才智，要在這座城市自保並不困難。要是對方不希望的話，女孩也並不強求。

只是當時夜以刀刃將鮑伯割喉的一幕實在讓女孩印象太深刻了，每次夏思思回憶起來的時候，也很神奇地並不覺得驚恐與厭惡，反而少年那流暢無比的動作與刀刃折射出銀白得彷如彗星般的光芒，讓女孩仰慕不已，竟令她首次對武藝生出了興趣。

大概每個人在小時候都有模仿大人的經驗，例如男孩會偷拿父親的領帶纏在脖子上，女孩會拿母親的唇膏來化妝，即使是聰明的夏思思也不能免俗，只是這孩子模仿的事情比較奇葩，她竟然模仿夜的動作，嘗試把刀片放在舌頭下……

結果，夏思思很理所當然地悲劇了。

當夜從同伴口中得知這件事情時，又是吃驚又是心疼，聽說女孩的傷口割得頗深，幾乎把大片的肉都割了下來，當時血還止不住地流。不過這孩子倒也硬氣，並沒有哭喊，反是處理傷口時痛得飆出不少淚水。

最後，夜硬是把需要花一星期完成的任務濃縮成三天。也是在那一次，素來出任務總能全身而退的夜，弄得一身是傷地回來。

雖然夜完全沒說過是爲了趕回來看她，但夏思思就是察覺到對方的心意。

別人都是想把自己的關心無限放大，偏偏這人卻要拚死拚活地表現出不在乎。

從沒有人如此關懷過她，夏思思在感動之餘，開始想要爲了這些疼愛她的少年們在自己能力所及的事情上努力。

她知道他們過得並不如意，也早就從對方的隻字片語中猜測到這些少年被某個組織操控，一屋子的武器顯示出他們並不甘於此命運，他們想要反抗！

論武力，她也許幫不上忙，但其他方面……

「思思又被刀片割傷了，不過這次她學乖了，稍微感到痛楚便立即把刀片取

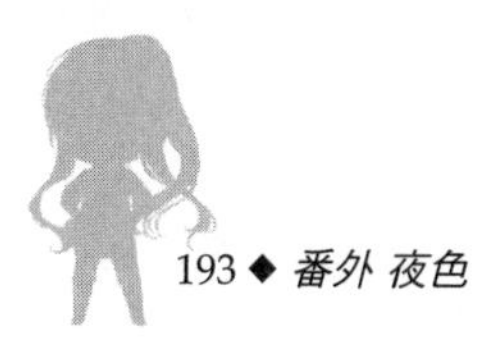

出，所以傷口並不深。」說話的人是個紅髮藍眸的少年，這位在孤兒院排名第五的男孩是夜最好的朋友，私下與夏思思的關係也很好，簡直就把女孩當親妹妹來疼。

「她還沒放棄啊……」夜聞言不禁驚訝，本以爲孩子只是一時興起，吃過一次虧後就會放棄，想不到夏思思竟然還繼續偷偷嘗試。尤其在熟悉了這個孩子後，他發現這女孩簡直就是懶蟲托世，那顆聰明的腦袋也許是上天爲了彌補她過於缺乏行動力的補償……

五號笑道：「這孩子雖然不說，但對你可是仰慕得很。她這樣大概類似於粉絲追星吧？例如衣著打扮會模仿自己喜歡的明星什麼的，這在女孩子中應該是很常見的現象不是嗎？」

夜滿臉黑線地吐槽道：「可是五歲就開始追星未免太小了，而且正常孩子追星時可不會把刀片放進舌底。」

五號大笑道：「這正是所謂的上梁不正下梁歪！」

「……」

看到夜的臉色開始變得不好看，五號這才把笑聲止住。隨即神祕兮兮地壓低了聲量：「阿一，我告訴你喔，小思思似乎在醞釀著什麼不得了的事。這段時間她都在有意無意地打探著我們的背景，她以前可從來不會在意這些的。」

「你貼這麼近裝給誰看？這裡除了我們兩人外根本就沒有其他人，你壓低音量有意義嗎？另外，不要再叫我阿一了，我現在……我現在已經有了名字，叫夜。」

五號聞言愣了愣，並露出很羨慕的神色，道：「有自己的名字眞好！我下次也要叫小思思幫我取一個。」

聽到五號要向夏思思提出取名的請求時，夜忽然有種不爽的感覺，就像本來只屬於自己的寶物，突然變得不再獨一無二般失落。

孤兒院裡不乏自取名字的孩子，可是五號卻是個很傲氣的人，他一直認爲自己取的名字說穿了就和現在的數字一樣只是個代號，根本失去了名字的意義。至於讓同伴爲他取名字，五號更執拗地認爲這是受傷野獸互舐傷口的行爲，他寧可繼續使用編號。

「阿一……呃，夜你在發什麼呆？」

聽到五號不滿的叫嚷，少年壓下心頭那對他來說怪異又陌生的情緒，道：「下

次思思再詢問你們的話就直接告訴她好了。我本就不打算隱瞞那孩子，讓她心裡有個底也是好的，但絕不能讓她暴露在組織的視線裡，也不許把她牽扯進殺人的事，我並不缺打手。」

五號笑道：「放心吧！我們會拿捏分寸的，不用你警告我也不會把思思牽扯進去。她可是我們大家的妹妹。」說到這裡，少年露出不滿的神情，他們喜愛女孩的心情絕不比夜少，根本就不用少年來多話！

夜訝異地眨了眨眸子，隨即露出歉意的笑容，「抱歉，我收回剛才的話。」

本來夜把女孩撿回去時，只是覺得這個聰明得過分的孩子很有趣，可是相處下來卻不由自主地把她視作妹妹般看待。夜知道有著這種感情的絕不止他一人，夏思思在他們心裡有著特殊的意義，藏起這孩子代表著對組織的反抗，同時也彌補了他們對親情的渴望。雖然這些獲得編號、在組織中被允許生存下去的少年們彼此感情不錯，但這是戰友間的情誼，與和夏思思那種親人般的感情截然不同。

他們很珍惜這難能可貴的溫馨，誰也不願破壞這份幸福。

夜語氣很真誠，讓五號的神情緩和下來，他頷首說道：「我接受你的道歉。」

在一眾少年中，夜不算最聰明，身手也不是最好，可卻是眾人中最眞誠的。當他們還是孩子時，組織教導了他們簡單的殺人技巧後便把他們關在一起，要求他們至少殺掉二十名同伴才能過關，那時候夜是第一個達成目標的人。他對敵人的狠是有目共睹的，可是獲得生存機會後，少年卻不止一次爲了保護同伴而險些失去性命。這個人很複雜，他對危及自己性命的敵人非常殘忍決絕，但對那些眞正被他視爲同伴的人，卻是寧可失去性命也要保護！

殘酷與溫柔，構成少年獨特的魅力，最後大家都以他馬首是瞻，有時候五號會想，如果沒有夜的話，此刻孤兒院中的孩子必定不會如現在這般團結，更遑論生出想要對抗組織的決心了。

誰想要一輩子受別人操控？雖然不知道夜帶領他們所走的是通往天堂還是地獄的道路，但只要有機會，他們也拚了！

□

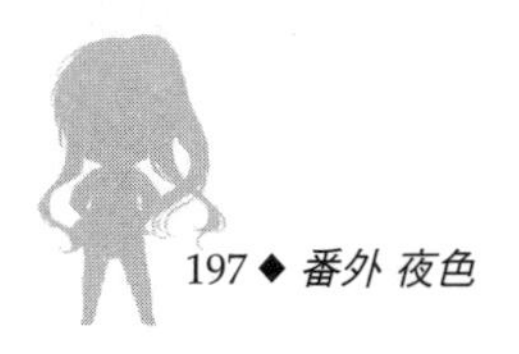

即使不知道夏思思詢問組熾的事情是出於什麼考量，但眾人並沒有隱瞞她任何事。甚至當女孩詢問他們爲什麼遲遲不反抗組織時，少年連他們體內被裝置了小型炸彈一事也告知了她，一點兒也沒有隱瞞的意思。

然後眾人便發現女孩開始瘋狂地學習，隨即更開始購買一些電子零件回來。這些零件被女孩帶進房間以後便沒有再取出來了，誰也不知道夏思思到底在房裡折騰著什麼。偶爾有幾個好奇的少年詢問，所獲得的也只有兩個字：「祕密。」

隨著時間的流逝，夏思思對零件的要求愈來愈高，還好這座城市是個走私天堂，只要有錢有門道，怎樣的零件都能入手，不然只怕無法滿足女孩日益專業的要求。

不知從什麼時候開始，夏思思再也沒有詢問眾人組織的事情，也沒有再傳出被刀片割傷舌頭的消息。女孩安穩卻忙碌地生活著，對於那些零件的去向，即使是與她最親近的夜也問不出來。於是少年們也就不再打聽，反正他們並不認爲女孩能做出什麼來。

結果當兩年後，某天夏思思告訴夜她有辦法屏蔽組織中央電腦的訊號，讓他們體內的炸彈失效至少一小時時，他們都驚訝了。

「妳確定嗎，思思？」良久，被女孩狠狠震驚到的夜終於尋回自己的聲音。只是那略帶顫抖的嗓音顯示出少年的心情仍未平復。

「當然。」女孩志得意滿地笑道：「而且效果絕對不錯，因爲我試驗過了。」

「妳試驗過了!?」眾人不約而同地當起鸚鵡重複女孩的話。

夏思思一臉理所當然地說道：「當然。雖然理論上可行，但不試驗過的話，萬一行動時出錯那怎麼辦？」

夜真的覺得他被女孩打敗了。少年的思緒不禁開始飄至遠方，想當初那個怯怯的小熊妹妹多可愛啊……怎麼養了也沒多久，便成了個惹禍精？

難道果真是上梁不正下梁歪嗎!?

不理會明顯正在走神的夜，夏思思續道：「前幾天略微試驗了一下，那些笨蛋至今還沒察覺到他們的程式被我入侵了呢！」

說罷，女孩便咯咯咯地笑了起來，表情說有多天真無邪便有多天真無邪。

竟然試驗過後組織還察覺不到!?此刻，一眾少年忽然覺得這個小小女孩變得高大起來，幾乎要仰視她了！

雖然早已猜測到夏思思躲在房間祕密進行的東西與他們有關，但誰會想到竟眞的讓她成功了?而且這小傢伙還不怕死地瞞著大家偷偷試驗！

被眾人的視線盯得不自在，夏思思收起了得意洋洋的笑容，有點不安地問：「呃……怎麼了?」

五號爆發了。

「妳還好意思問我怎麼了?妳知不知道這樣做有多冒險!?萬一被組織發現了該怎麼辦?我們不是早就告誡過妳不能插手組織的事情嗎!?」

女孩不服氣地小聲反駁道：「反正他們又沒有察覺到。」

五號的氣勢一堵，偏偏女孩說的是無法反駁的事實，這讓少年頭痛不已：「夜，你來吧！我實在說不過你女兒。」

夜嘴角一抽，道：「這麼大的女兒我能生得出來嗎?」不過還是很合作地走到夏思思面前。

要說女孩最聽誰的話，那絕對非夜莫屬。五號曾抱怨過明明就是他比較寵夏思思，怎麼這孩子卻總是與夜比較親？結果還被夜嘲諷，他正是輸在起跑點上。

好吧！至少人的確是夜撿回來的，這點誰也無法否認。

夜俯視著眼前的小女孩，沒有過多的責罵，只淡淡的一句：「思思，妳讓大家擔心了。」

女孩仰起臉，迎上的是少年非常眞誠的目光。

不知從什麼時候開始，夏思思模仿起了少年的動作，尤其女孩說話時那總筆直望進對方眸子裡的神態，簡直活脫脫就是夜的翻版！

正因爲如此，所以夏思思分外能感受到少年眼裡的眞誠，他是眞的在爲自己擔心。

女孩會反駁五號的話，是因爲她對自己很有信心，即使組織眞的察覺到她入侵了他們的程式，女孩也有多種方法脫身，而且能讓他們完全追查不到自己身上。

可是夜的責備卻是以感情爲出發點，夏思思可以表現出無視組織的威脅、漠視自身安全的態度，可是她無法不在乎這些她早已視爲親人的少年。

於是，女孩只得乖乖道歉了：「對不起……」

聽到夏思思的道歉，夜那雙子夜般的漆黑眸子柔和了起來，道：「知道錯了就好。下次可不要這麼魯莽，有什麼事情都要先和大家商量。」

女孩愣愣地看著夜那雙美麗眼瞳，雖然他們兩人都是華人，可是女孩的眸子比較偏向黑褐色，遠沒有少年的瞳色那麼漆黑美麗。

尤其在少年打從心底透露出溫柔情緒時，那雙眸子更是猶如寧靜美麗的夜空般讓人迷戀不已。

當年爲對方取了「夜」這個名字，眞的取得太貼切了！女孩沾沾自喜地想著的同時，不忘笑著撒嬌道：「我想給你們驚喜嘛……」

至於在旁觀看著整個過程的五號都快要去撞牆了，眞是人比人氣死人，這是怎樣的態度上的差距啊!?

夜笑著摸了摸夏思思小小的頭顱，道：「不過思思妳眞是幫了我們大忙！要不是顧忌組織的裝置，憑我們這些年的儲備早就可以放手一搏了。」

夏思思埋首在少年的懷裡沒有說話，良久，女孩嗓音才悶悶地傳來，道：「你們有把握嗎？」

感受到女孩的擔憂，夜放柔了聲音輕聲安撫：「放心吧！雖然參與革命的人只佔孤兒院的三分之一人，但我相信只要被其他人知道組織的裝置失效，而且又有足夠的武器的話，他們絕不會放過這個獲得自由的機會的！我有信心讓其他人加入我們，只要完事後大家立即逃至其他國家，組織再神通廣大也無法追查到大家的下落！」

破壞裝置後，只要一個小手術便能取出埋藏在他們心臟旁邊的微型炸彈，到時候自然天高海闊任他們闖蕩！

女孩霍地抬頭道：「你能答應我活著回來嗎？」

夜說道：「我答應妳我們會獲得勝利。」說罷，少年彎下腰，在女孩的額上落下了一個輕柔的吻，道：「思思，我知道妳一直以來都不想成爲天才。可是很抱歉，這次我們必須借助妳的力量。事情結束後，我們會把妳帶離這裡，讓妳回到普通的城市當一個平凡但快樂的女孩。這也是我最大的願望。」

「思思，我們一定會回來接妳走的。」夜承諾道。

可最後，少年卻食言了。

其實也不能說他食言，因爲自始至終，夜都沒有允諾過夏思思他會活著回來。

其實在少年們笑著向夏思思揮手道別時，女孩已有了他們也許再也不會回來的心理準備。只是無論如何，她都懷著一份僥倖的心情，也許事情進展得很順利，也許那個組織並不如她所想像般強大，也許世上眞的會有奇蹟出現……

甚至夏思思還曾想過，夜的身手在少年之中排行在前頭，即使其他人無法活著回來，或許、或許夜可以？

這個念頭生起的瞬間，女孩才發現自己原來很自私。明明其他少年對她也那麼好，可是如果能讓她選擇，她必定會選夜，她想要讓夜活下來！

可是世事往往就是如此，連身手遠遜於夜的五號都能安然回來，可偏偏夜卻永遠留在那個他一直想要逃離的地方，就連屍體也與燃燒的孤兒院一起化成灰燼。

聽到這個消息時，夏思思異常冷靜，沒有五號他們所猜測的大哭大鬧，女孩只是一臉木然的空洞，就像整個人失去了靈魂般。這狀況讓一眾少年心驚膽戰，把體

內炸彈拆除後的他們，硬是忍耐著手術後的痛楚，強打著精神輪流陪在女孩身旁，深怕夏思思想不開做傻事。

眾人強忍傷痛的模樣夏思思看在眼裡，沉淪於傷心難過的情緒中渾渾噩噩地過了幾天後，女孩總算振作起來。她向眾人勾起個勉強、卻是她這幾天首次露出的笑容。

「我沒事了，謝謝你們在我最難過的時候願意陪在我的身邊。」

五號把女孩抱在懷內道：「思思，對不起，我們沒能把夜帶回來。」說著，五號的嗓音變得哽咽，這名素來堅強的少年首次在女孩面前紅了眼眶。

夏思思伸手拍了拍五號的背，一如當初他們要離開時，夜安慰女孩的動作。五號看向女孩的臉，迎上一雙透露著真誠擔憂、筆直回望進自己眼眸裡的視線。

五號恍然把夜與夏思思的形象重疊起來，那瞬間，少年忽然覺得那位與他一起成長、出生入死的好搭檔並沒有真正死去。他的意志、靈魂已由眼前這名小小的女孩子繼承了下去。

「思思，我們打算去夜出生的國家看看，聽說那是個非常廣闊的國度，在那裡藏身的話，即使組織再神通廣大，只要我們不太惹人注目，他們應該找不到我們。那裡也是思思妳的祖國，我想妳能在那兒好好生活的。」看到女孩終於振作起來，五號連忙向夏思思提出離開的要求。雖然傷口仍隱隱作痛，可是他們實在在這裡浪費太多時間了。

五號本以爲夏思思一定會欣然答允，怎料女孩卻搖首說道：「不，這裡是我與夜相遇的地方，我想留在這兒。」

五號急了，道：「這怎麼可以！萬一妳在這裡出了什麼意外，那我們怎麼向死去的夜交代!?」

夏思思笑道：「放心吧！夜曾經說過希望我能當一個平凡的女孩，現在夜已經不在，也沒有什麼事情能讓我花費心力動腦筋，也該好好享受一下吃飽便睡的悠閒日子了，當一條大懶蟲能生出什麼事情呢？」

見五號仍想說服她，夏思思續道：「只要我不主動惹事，難道你們還擔心我在這裡無法照顧自己嗎？」

五號看著女孩固執的神情，最終嘆了口氣，道：「好吧！等安頓下來後我會想

辦法把聯絡方法交給妳，妳有任何事情需要幫忙的話記得找我。」

夏思思這次沒有再拒絕少年的好意，毫不猶豫地應允下來。

□

當五號與女孩道別時，少年忽然提出一個請求：「對了！思思妳也為我取一個名字吧！」

「咦？」

看著女孩愕然的表情，五號笑著解釋：「其實在很久以前我已經有這個念頭了，可是夜的醋意太大，他吃醋時的表情眞的超可怕！」

說到這裡，五號還縮了縮身體裝出一副很害怕的神情，逗得夏思思哈哈大笑。

給予這名疼愛她的少年一個擁抱，夏思思輕聲道出對方的新名字：「昆西。」

昆西——代表著「第五個孩子」。

五號……現在改名叫昆西的少年，默默回抱著懷中的小小身體，這是他在這個世上僅存的溫暖。

再見了，我們最疼愛的妹妹。

珍重。

〈夜色〉完

後記

大家好，很高興與各位在第八集見面！

上一集的後記與各位說過在越南的見聞後，這一次我和大家分享一下我與友人十月份的台灣之旅。

我們此行主要的目標是美麗的阿里山，看到山上千多歲的神木大都被日軍砍掉、只留下段段樹根時眞的覺得好心疼！

這次的旅程雖然沒看見美麗的雲海，可是卻成功看到了日出。阿里山的日出很特別，由於阿里山與太陽之間隔了一座山，因此太陽會從山後面出現。基本上，等待日出時天都已經亮了，我們只是在靜候太陽從山後現身而已。

當太陽從山後出現時，我腦海裡立即響起「哈里路亞～里路亞～里路亞～」的背景音樂，這比我想像中更光芒萬丈啊！即使戴了太陽眼鏡也完全無法直視，這情景眞的太震撼了！

另外，不得不提這趟旅程中一次很奇妙的經歷。當時我們在佛光山佛陀紀念館參觀，聽到可以至玉佛殿進行舍利禮拜，於是從沒看過舍利的我及友人便很好奇地參加了。

過程很坑爹、結果很悲催，我最想看的舍利高高在上……是眞的高高在上，它放在一個很高很高的位置，我完全看不到舍利到底是什麼樣子……

然後一名大師出現了，她先是介紹了一下舍利的由來後，便帶領我們進行打坐冥想。冥想耶！我聽到的瞬間，目光不期然地轉移至穿著短裙的友人身上，心裡慶幸著今天穿了牛仔褲……

盤腿、腰背要直、雙手放在丹田位置、全身放鬆……就是這樣，我體驗了人生的第一次冥想。

然後最精彩的來了！大師開始誦讀一篇星雲大師所創作的新詩，內容大概是他一直苦苦尋找佛陀的蹤影，可卻總是找不到。

結果爲時三十分鐘的參拜完畢後，我學懂了一句普通話：「佛陀，你在哪裡？」

因爲在那篇新詩中，這一句重覆又重覆了至少十多次……

這次旅程也抽空與一些作家來個餐聚，大家聊得很愉快，說說最近的近況、談談寫作心得，實在是一件很寫意的事情。

可惜我遠在香港，與大家很難得才能見一次面。還好現在科技先進，我們可以每天在網路見面聊天。

就如廣告中所說般：科技，拉近了人與人之間的距離。

□

這次在第八集中，終於有角色領便當了！而且一來便是兩個，不過他們並不是勇者團隊裡的隊員，所以大家應該還能夠接受吧？嘿嘿！

因爲劇情需要，他們的犧牲是必須的，大家不要打我喔！

寫後記的時候正值十二月，接近一年將要完結的日子。對於正職爲財務的我來說，現在正身陷地獄裡，埋數、點倉、核數……各種需要愼重面對的事情接二連三地來了，這段時間可說是每年最忙的時候呢！（倒）

希望能夠安然度過這段忙碌的地獄期吧……也預祝各位聖誕快樂喔！

香草

【下集預告】

懶散勇者物語 vol.9

雙月之日倒數計時，勇者一行人英勇赴約。
面對滿城妖獸與堅固的結界，
夏思思能以藥劑作條件，讓北方賢者重回人類陣營嗎？

封印闇之神的結界即將破裂，人類最大的生死存亡關頭！

卷9 雙月之戰．敬請期待～～

路邊攤　著

最新校園傳說、令人戰慄又懷念的校園鬼故事！

見鬼，就是我們社團的宗旨！還記得學生時代校園裡百般的驚悚鬼故事嗎？故事的開頭總是「聽說」而不是「我看到」。因爲沒有人眞正看到過，所以更有無限的想像空間……

當教室是通往異界的入口、廁所鏡子是勾人心魄的凶器、自然現象中加上了絕對無法想像的「東西」後，你還確定世界是安全的嗎？誰知道這些故事（事實？）何時會消失，何時會再度甦醒？

見鬼社

明日葉　著

淡淡心動滋味，無厘頭搞笑風格，夏日清爽開胃讀物！

炎炎夏日某一天，故事就從女孩向男孩搭訕的第一句話開始——
「你好！我是外星人，可以跟你做朋友嗎？」
這天外飛來的清靈美少女頭腦似乎……有點怪？
女孩無厘頭的個性，讓男孩平靜的校園生活瞬時風雲變色。不過，所有事件的背後都藏了無數巨大的祕密，讓人意外的眞相說明了她的「超能力」，也解釋男孩腦中的異樣感。
那天，在櫻花樹下許下的願望是……

外星少女
要得諾貝爾和平獎

醉琉璃　著

揉合神話與青春校園的奇幻冒險!

宮一刻是個熱愛可愛事物的不良少年，莫名車禍後，他開始能見到人類身上冒出的「黑線」。滿懷不解的他第一次遇上渾身粉紅蕾絲邊的可愛女孩時，就不應該再奢求平靜的校園生活了……

蘿莉小主人、靈感雙胞胎、僞娘戰友、巴掌大壞心眼少女……無敵怪咖成員們，織成驚心動魄兼冏笑連連的每一天。以線布結界、以針做武器，還要和名爲「㾐」的怪物作戰，不得已訂下契約的一刻，將展開一段名爲熱血的打怪繪卷！

織女系列（全八冊，番外一冊）

醉琉璃　著

《織女》二部來襲！不管是神明、人類或妖怪，都大鬧一場吧！

不思議事件狂熱者室友A，是個手持巨大毛筆的「神使」？一臉酷樣的少女殺手室友B，還是個活生生的「半妖」？這些宛如動漫的名詞突然殺出，低調眼鏡男只能輸人不輸陣，變身了！？

不敬者破壞封印，釋放了不該釋放之物！神使公會曝光，舊夥伴、新搭檔陸續登場——「他」無奈表示：爲啥我得聽一個男人說「我願意」呀!!

神使繪卷系列（陸續出版）

香草　著

脫掉裙子、剪去長髮，誰說公主不能大冒險！
心跳100%，詭異夥伴相隨的刺激旅程!!

一連串恐怖陰謀與噩耗的重擊下，西維亞公主一肩扛起天上掉下來的任務：「解救皇室危機」
在淚眼矇矓卻有一副好毒舌的侍女「歡送」下，
聚集超級天然呆魔法師、知性腹黑與爽朗隨性的青梅竹馬騎士長，西維亞正式展開以守護國家為名的嶄新冒險。

傭兵公主系列（全六冊，番外一冊）

香草　著

史上最沒幹勁的勇者，被迫上路!

夏思思是個絕對奉行「能坐不站、能躺不坐」的17歲少女。卻被自稱「眞神」的神祕美少年帶到了異世界！身爲現役「勇者」，也爲了保住小命，她只好心不甘情不願地踏上保護世界的麻煩旅程。

誰知道旅程還未展開，思思便被史上最「純潔」的魔族纏上？帶著一夥實際身分是聖騎士、偏偏又很難搞的夥伴，決定兵分兩路行動的新手勇者夏思思，前途無法預測！

懶散勇者物語系列（陸續出版）

倚華　著

輕鬆詼諧又腹黑，加上充滿絕妙個性的吐槽，全新創作！

這是一個關於友情、愛與責任的故事……（才怪！）
事實上，這是關於一個又脫線又白痴傢伙的故事。（也不是啦！）
皇家禁衛組織，一個集合了眾多「奇特」成員的團體，夥伴們該如何相親相愛地完成屬於他們的特別任務呢？

東陸記系列（陸續出版）

可蕊　著

異世界的新手，驚險連連的冒險新章！

眞是巧合？還是有人背後搞鬼？工作飛了、正面臨斷糧危機的楚君從意外甦醒後，發現自己和愛貓娜兒掉入了某個彷如電玩遊戲的奇幻國度，靈魂更雙雙進入了擁有「絕世容貌」的新軀體！

楚君和娜兒對新世界沒有任何知識與概念，但屬於「身體」的原始記憶，卻在接近眾傭兵團目標之地後漸漸覺醒。她們的身體原來是誰的？這些記憶是否具有特殊意義？而楚君手中那枚拔不掉的詭異戒指，要如何在一卡車「狩獵眞有趣」的生物環伺下，解救主人？

奇幻旅途系列（陸續出版）

米米爾　著

少喝了口孟婆湯，留幾分前世記憶。
16歲女高中生偵探，首次辦案！

嬌小又低調的偵探社社長．滕天觀，迫於種種原因，無奈地接下來自學生會長的「委託」，誰知，對方竟還附贈一個據說「很好用」的司馬同學！到底是協助調查還是就近監視，沒人說得清。

帶著前世「巡按」記憶轉世的少女偵探，推理解謎難不倒，人心險惡司空見慣，但老成淡定的她，卻總在看到「他」時，想起了什麼……

天夜偵探事件簿系列（陸續出版）

林綠　著

每個人生來都伴著一顆命星，
在最晦暗不明的時刻，爲我們指引前路——

靈異研究社，顧名思義，集合了一票膽大於天的少年少女，社長是憑著滿腔熱血做事的千金小姐，掛名副社長的是陸家風水師，
成員包括粉紅系男孩、甜美女孩、孔雀般的貴公子、毒舌學姊；
對了，還有負責打雜的校草，喪門。

喪門其實對另一個世界毫無興趣，迫於人情加入靈研社，
竟捲入一連串不可思議的事件……

眼見爲憑系列（陸續出版）

魔豆文化徵稿啟示／投稿辦法

耕耘華文原創作品的出版，一直是魔豆文化所致力的目標，希望將來能與更多創作者一起成長，歡迎充滿熱情、創意與想法的創作者加入我們：）

投稿相關規定可以參考下列網址：

http://gaeabooks.pixnet.net/blog/post/8543422

投稿信箱：editor@gaeabooks.com.tw

國家圖書館出版品預行編目資料

懶散勇者物語 / 香草 著.——初版. ——台北市：
魔豆文化出版：蓋亞文化發行，2014.01
冊； 公分.
ISBN 978-986-5987-35-0（第8冊；平裝）

857.7 101026390

懶散勇者物語 *vol.8*

作者 / 香草
插畫 / 天藍 封面設計 / 克里斯
出版社 / 魔豆文化有限公司
地址◎ 台北市103赤峰街41巷7號1樓
電話◎（02）25585438 傳眞◎（02）25585439
網址◎ www.gaeabooks.com.tw
部落格◎ gaeabooks.pixnet.net/blog
電子信箱◎ gaea@gaeabooks.com.tw
投稿信箱◎ editor@gaeabooks.com.tw
郵撥帳號◎ 19769541 戶名：蓋亞文化有限公司
發行 / 蓋亞文化有限公司
法律顧問 / 十方法律事務所
總經銷 / 聯合發行股份有限公司
地址◎ 新北市新店區寶橋路二三五巷六弄六號二樓
電話◎（02）29178022 傳眞◎（02）29156275
港澳地區 / 一代匯集
地址◎ 九龍旺角塘尾道64號龍駒企業大廈10樓B&D室
電話◎（852）2783-8102 傳眞◎（852）2396-0050
初版一刷 / 2014年01月
定價 / 新台幣 180 元
Printed in Taiwan

ISBN / 978-986-5987-35-0

FS054

懶散勇者物語 *vol.8*

魔豆文化　讀者迴響

感謝您在茫茫書海中選擇了魔豆，您的支持是我們最大的動力。
不要缺席喔，讓我們一起乘著夢想的羽翼，穿越時空遨遊天地！

姓名：　　性別：□男□女　　出生日期：　年　月　日
聯絡電話：　　手機：
學歷：□小學□國中□高中□大學□研究所　　職業：
E-mail：　　（請正確填寫）
通訊地址：□□□
本書購自：　　縣市　　書店
何處得知本書消息：□逛書店□親友推薦□DM廣告□網路□雜誌報導
是否購買過魔豆其他書籍：□是，書名：　　□否，首次購買
購買本書的動機是：□封面很吸引人□書名取得很讚□喜歡作者□價格便宜□其他
是否參加過魔豆所舉辦的活動： □有，參加過　　場　　□無，因為
喜歡出版社製作什麼樣的贈品： □書卡□文具用品□衣服□作者簽名□海報□無所謂□其他：
您對本書的意見： ◎內容／□滿意□尚可□待改進　　◎編輯／□滿意□尚可□待改進 ◎封面設計／□滿意□尚可□待改進　◎定價／□滿意□尚可□待改進
推薦好友，讓他們一起分享出版訊息，享有購書優惠 1.姓名：　　e-mail： 2.姓名：　　e-mail：
其他建議：

◎請沿虛線剪開、對摺、裝訂後寄出

◎請沿虛線剪開、對摺、裝訂後寄出

廣告回信 郵資免付
台北郵局登記證
台北廣字第675號

魔豆

魔豆